狸と瓢箪
徳川家康
豊臣秀頼

東
長宗我部盛親
南
後藤又兵衛
北
明石全登
西
真田幸村

狸と瓢箪

吉本洋城

目次

文禄二年（西暦一五九三年）。大坂に一人の男児が生まれる。

父の名は豊臣秀吉《とよとみひでよし》。日本史上、最も成り上がった男にして、時の天下人。

母の名は茶々。淀君《よどぎみ》、と呼ばれるほうがしっくりくる女性である。

織田信長《おだのぶなが》の妹、お市《いち》と北近江を支配していた大名、浅井長政《あさいながまさ》の血を引く娘。

天下人、秀吉《ひでよし》に見初められてその閨《ねや》に入り、子を産んだ。

これまで数多くの側室を抱えながら一人として子が出来なかった秀吉《ひでよし》にとって、待望の世継ぎである。

これより先に、鶴松《つるまつ》という名の男児を茶々は産んでいるが、あえなく病死している。

もはや暗い老後を覚悟していた秀吉にとって、まさに雲間から太陽が出現したかの如き出来事であった。


生まれた男児は『拾《ひろい》』と名付けられた。

奇妙な幼名だが、これには理由がある。

当時、「拾われた子は丈夫に育つ。神仏の子だからである」との民間信仰があった。

秀吉《ひでよし》は前に死んだ鶴松《つるまつ》の事を思い、今度の子は「自分の子ではない、ただ淀君《よどぎみ》の子である」として拾い子としての体裁を取ろうとした。

神仏を騙してでも、このただ一人の息子を守ろうとしたのだ。

実際に、生まれた赤子は一度大坂城の城門前へ置かれ、秀吉《ひでよし》の旗本がその子を拾い、秀吉《ひでよし》に見せる、という形式まで行った。

秀吉《ひでよし》にしてみれば、五十七歳になってようやく出来た世継ぎの男児である。

まだ言葉も喋れぬこの幼子に「お前には大坂城をやるぞ」と言ったという。

それほど、秀吉《ひでよし》にとってこの子は待ち望んだ、諦めかけていた希望の子だったのだ。

たとえ、周囲の噂で「太閤様（秀吉）の種ではないのではないか」と囁かれていたとしても。

当然彼の耳にそのような囁きが聞こえることはなく、ただただ、この子を愛した。

老い先短い身を削ってでも、この子のために全てを残してやろうとあがき始めた。


――幼名、拾《ひろい》。

――後の豊臣秀頼《とよとみひでより》である。

・大坂の陣

拾《ひろい》――つまり秀頼《ひでより》に関係のある事件がおきたのは慶長三年のことである。

実父、豊臣秀吉《とよとみひでよし》が亡くなったのだ。

とはいえ、この時、秀頼《ひでより》はまだ五歳。

父が亡くなった、という事は理解できても、その周囲で起こっている政治的な動きはまるで理解していなかっただろう。


豊臣《とよとみ》家内部の武断派と官僚派の対立。それを煽《あお》り、利用していく徳川家康《とくがわいえやす》という男。

ついには石田三成《いしだみつなり》の失脚、上杉景勝《うえすぎかげかつ》に謀反《むほん》の疑いありとして家康《いえやす》が挙兵。

そして家康《いえやす》が大坂を留守にした隙を突くように石田三成《いしだみつなり》が大坂に戻り家康《いえやす》討伐を掲げて挙兵。

世に言う関ヶ原の戦いへと突入することになる。

この間、秀頼《ひでより》は非常に微妙な位置にいた。

家康《いえやす》は豊臣《とよとみ》家に弓引く上杉《うえすぎ》を討つ事を名目としている。また、豊臣《とよとみ》家の家政を壟断《ろうだん》している三成《みつなり》も反逆の徒として討つと宣言している。

三成《みつなり》は家康《いえやす》を弾劾し、豊臣《とよとみ》家から天下を奪おうとする大悪人であるとしてこれを討つと宣言している。

……秀頼《ひでより》は双方から「この戦いは秀頼様のため」と担がれている立場であった。

関ヶ原の戦いについてはここでは割愛するが、結果として三成《みつなり》は敗れ、家康《いえやす》は勝った。
武断派を纏めて味方につけた家康《いえやす》率いる東軍は、官僚派である三成《みつなり》ら西軍を破った。
宇喜多秀家《うきたひでいえ》は流罪、石田三成《いしだみつなり》、小西行長《こにしゆきなが》らは捕らえられ、処刑された。

この後の論功行賞《ろんこうこうしょう》は当然ながら家康《いえやす》主導で進められ、家康に味方した武断派の大名達は軒並み加増した。

しかし、彼らは大きな領土を与えられながらも、西国へと転封となり、重要な地である京都周辺や東海道は徳川《とくがわ》家譜代の大名や家康《いえやす》の子たちに与えられた。

これにより天下人であった豊臣《とよとみ》家はその領土を七十万石程度の一大名へと地位を落とされた。

一方、徳川《とくがわ》家は関ヶ原前の二百五十万石から四百万石へと加増され、さらに佐渡金山・石見銀山などの主要な財源をも手にした。

これにより徳川家による権力掌握が確固たるものになり、徳川《とくがわ》と豊臣《とよとみ》の勢力が逆転する。

ここから豊臣と徳川の、奇妙な関係が始まることになる。

慶長八年、徳川家康《とくがわいえやす》は朝廷より征夷大将軍《せいいたいしょうぐん》を任じられる。これにより家康は幕府を開く権利を公的に認められたことになる。

家康《いえやす》は江戸城の普請を始め、ここに徳川幕府を開いた。

徳川家による武家政権の始まりである。

秀頼《ひでより》は、実質この時から権力の座から外されたと言えるだろう。


しかし奇妙なことに豊臣家は徳川家に臣従はしていない。

豊臣《とよとみ》家としてはあくまで徳川《とくがわ》家は豊臣家の臣下であり、こちらが主筋である、との認識で振る舞っていた。

当然、家康《いえやす》としては面白くない。だけでなく、困る。

家康にしてみれば、すでに両家の力は隔絶しており、自分は将軍となっている。

当然、豊臣秀頼《とよとみひでより》は臣下の礼を取り臣従するのが筋である……と思ってはいるが、こちらからそうせよ、と露骨には言えなかった。

『簒奪《さんだつ》』というイメージが世間に定着してしまうのを恐れるためであった。

あくまで、豊臣《とよとみ》家のほうから臣従するのが望ましい。

そこでまず、家康《いえやす》はたった二年で将軍職を息子の秀忠《ひでただ》に譲ってしまう。

これは内外に「今後、征夷大将軍《せいいたいしょうぐん》は徳川《とくがわ》家が世襲する。当然天下も徳川家が世襲する」ということを示したのである。

家康《いえやす》は秀吉《ひでよし》の遺言もあり二代将軍徳川秀忠《とくがわひでただ》の娘千姫《せんひめ》を秀頼《ひでより》の嫁として娶《めと》らせる。

「千の婿殿も久しく見ておらぬ。久々に逢いたいものよ」との口実で秀頼《ひでより》に上洛を促すが、生母の淀君《よどぎみ》の強烈な反対にあってこれは頓挫《とんざ》している。

やむなく家康《いえやす》は息子の一人を大坂城にやって秀頼《ひでより》と面会させているが、内心は苦々しい思いであっただろう。

「今、秀頼が上洛し挨拶に来ればそれで世間は豊臣《とよとみ》家も徳川《とくがわ》家の天下を認めた……となる。それが豊臣にとって最善の道であろうに」

家康《いえやす》にしてみれば様々に手を回してお膳立てをしてやっているのに、まだ自分達が主家・主筋である、との理論を振りかざす大坂の輩《やから》には辟易《へきえき》としていた。


慶長十六年、秀頼《ひでより》は、「正室千姫《せんひめ》の祖父に挨拶する」という名目で、二条城で家康《いえやす》と会見する。

これは、加藤清正《かとうきよまさ》・浅野幸長《あさのよしなが》ら豊臣《とよとみ》子飼いと言える大名達が必死になって淀君《よどぎみ》を説得した結果である。

彼らにしてみれば、最早《もはや》天下は徳川《とくがわ》家のものである。このまま意地を張って徳川《とくがわ》家と豊臣《とよとみ》家との戦争ともなれば、自分達の立場が苦しい。

だから上洛して家康《いえやす》に会う……ということの行動をもって、どうにか丸く収めようとしたのである。

しかし、大坂の淀君《よどぎみ》が徳川家に臣従するなど認めるわけもなかった。二条城での会見も加藤清正《かとうきよまさ》らが秀頼《ひでより》を命に替えても守るとの約束で認めたまでである。

つまり秀頼は、形式的には依然として家康の主筋だったわけである。あくまでも形式的には、だが。

しかし、この頃には秀頼《ひでより》は十九歳である。当然、元服も終わっており、これからいよいよ人として盛んになっていく時期である。

一方で家康《いえやす》はすでに老齢であり、どう考えても秀頼よりは先に死ぬ。

未だ天下を取ったとは言え、その組織は完成しておらず、また豊臣家《とよとみけ》が臣従せぬ限り、他の大名達へも微妙な影響がある。

あくまでも臣従する気がないと言うのであれば。

自分が生きている間に禍根《かこん》は全て断ち切っておくべきだ。


家康《いえやす》はそう考えた。

この二条城での会見後、家康は側近である本多正純《ほんだまさずみ》らに工作を命じる。

「豊臣家《とよとみけ》を攻め滅ぼす、大義名分を得よ」と。

彼ら側近は大義名分を探すと同時に、豊臣家の力を削ごうと画策した。

秀吉《ひでよし》の追善供養として畿内の寺社の修理・造営を行ってはどうか、と大坂方へ図ったのである。

膨大な寺社の修復や大仏の建造などに金を使わせて、豊臣家《とよとみけ》に残る力である金銀を枯渇《こかつ》させようとしたのである。

しかし、八十五もの寺社の修復・造営を行ってなお、豊臣家には尽きることのないと思うほどの金銀があった。

側近たちはむしろ大義名分を急ぎ得て、一気に降伏させて金銀を接収するのが良い、との結論となった。すさまじきは豊臣秀吉《とよとみひでよし》がその手に握っていた金山・銀山から出る金銀と交易・商売で儲けた財の巨大さであった。

慶長十九年、世に言う方広寺鐘銘《ほうこうじしょうめい》事件が起こる。

梵鐘《ぼんしょう》の銘文が徳川《とくがわ》家にとって不吉なものである、と言いがかりをつけたのだ。「国家安康《こっかあんこう》」は家康《いえやす》の文字を分断して呪詛《じゅそ》しているのではないか、とし「君臣豊楽《くんしんほうらく》」は豊臣《とよとみ》家の繁栄を願いその繁栄の下で臣達が楽しむ、という意味だろうと言いがかりをつけた。

大義名分としてはかなりのこじつけというか、言いがかりだが、これをきっかけに豊臣家と戦に及び、滅ぼすことが家康の目論見である。

こじつけだろうと言いがかりだろうと、隙を見せたほうが悪いのだ。

家康《いえやす》、そしてその側近達はおそらく大坂から慌てて片桐且元《かたぎりかつもと》が駿府にきて弁明すると読んでいる。

そこで方広寺《ほうこうじ》の件ではうやむやにして、「要は世間は豊臣《とよとみ》が徳川《とくがわ》に弓を引こうとしていると考えている。これをどうするか」と脅すつもりである。

片桐且元《かたぎりかつもと》は豊臣《とよとみ》の重臣であるが、小身の大名であり、家康《いえやす》に逆らうような気概もない。おそらく、どうにか平和に事を収めるためにその場で譲歩する言葉を言うだろう。

後は且元《かつもと》が大坂に戻るまでに、大坂城の女どもに色々と吹き込んで且元《かつもと》を悪人にしてしまえばいい。淀君《よどぎみ》はせいぜい癇癪《かんしゃく》を起こして且元《かつもと》を追い払うだろう……それが結局、大義名分となる。

そういった筋書きである。

「せいぜい、且元《かつもと》には苦労して貰おう。なに、事が終われば加増してやれば済むことだ」

こうして罠を張って待ち受けていた家康《いえやす》の側近であったが、彼らにとって意外な事が起こった。

弁明の使者として現れたのは片桐且元《かたぎりかつもと》ではなく、大野治長《おおのはるなが》であったのだ。

――――その頃の大坂城、天守閣。

上座に巨体の男が座っており、その前に若い男が平伏している。

若い男の名は木村重成《きむらしげなり》。秀頼《ひでより》の乳母の息子であり、秀頼の幼馴染と言える存在である。

上座の男は当然、この大坂城の主、豊臣秀頼《とよとみひでより》である。

「大野《おおの》殿は本日には駿府に到着するかと存じます。秀頼様が自ら持たせた書状を大御所へと差し出すでしょう」

涼やかな、と言っていい風貌の若き侍は凛とした声で秀頼《ひでより》に語りかける。

「先日、秀頼様よりお指図のありました、四人の浪人には密かに渡りをつけております」

それに対して秀頼《ひでより》が声を発した。

「……どうだ？」

「はっ。真田《さなだ》殿、後藤《ごとう》殿、長宗我部《ちょうそかべ》殿はすぐにでも参陣するとのお返事にございます。明石《あかし》殿はいくつか聞いて頂きたい議があるとのこと……」

「ああ、伴天連《ばてれん》のことだろう。禁教令《きんきょうれい》を解くことに問題はないと伝えてくれ」

「かしこまりました。それと、兵糧のことでございますが、堺のみならず近隣からも集めて米蔵に積み上げてございます。

弾薬、武具、馬も順次城内へ配備しております。全て順調にございます」

「……そうか。わかった。世に溢れている浪人達もどんどん雇い入れよ。武勇のあるもの、知略のあるものはどんどん取り立てろ。金子に糸目をつけるな」

「承知。では」

そういって出て行く木村重成《きむらしげなり》。彼にはまだまだ仕事が多く残っている。

一人、天守閣に残った秀頼《ひでより》は、眼下に広がる町並みを見ながら呟いた。

「果たして夢か幻か。それとも私がおかしくなったとでも言うのか」

ある時、秀頼は気がついた。自分はこの先の未来を知っている、と。

徳川家康《とくがわいえやす》……大御所と呼ばれる男に攻められ、効果的な手を打てず、そのまま負けた戦の事を。

それは妄想というにはあまりにも現実的でありすぎた。

二条城での家康との会見の後、方広寺の鐘の銘文に対する抗議。

その後、弁明に赴いた片桐且元《かたぎりかつもと》が持ち帰った言葉に耳を傾けず、彼を裏切り者として追い出した事により始まった大坂城での戦。

豊臣《とよとみ》家と縁の深い大名へと出した使者は全て斬られるか捕えられ、誰も味方にならなかった。

その結果、関ヶ原の戦いで世に溢れていた浪人達を雇い入れ、戦う事を決意するも浪人衆の意見を入れず、ただ天下一の堅城と名高い大坂城の城壁と堀による篭城を行うのみであった戦い。

それでもなお、浪人衆はよく戦った。

徳川《とくがわ》軍に多大な出血を強いたのも全て浪人衆の働きと言ってよく、一時は城内も明るかった。

しかし、秀頼《ひでより》の生母である淀君《よどぎみ》の侍女達が徳川軍の大砲で一時に八人も吹き飛ばされると、風向きが変わった。

本来であれば非戦闘員である侍女が犠牲になろうとも戦闘には影響がないはずであった。しかし、この事態に恐怖した淀君は急速に和議に傾いてしまった。結局、和議が成立した。浪人衆は「勝っているのになぜ和議を結ぶ必要があるのか、これは徳川《とくがわ》の罠だ」と言っていたが、この意見が入れられる事はなかった。

和議の成立後、徳川軍は堀を埋め始めた。

総堀、二の丸、三の丸と全ての堀が埋められてから淀君らは騒いだが、後の祭りであった。

結局、再度の戦となった。

後は悲惨だった。

堀がない城など、もはや城ではない。

絶望的な戦いに打って出るしかなかった。

浪人衆は一つの策を献上してきた。全軍の総力を挙げて大将である家康《いえやす》の首を取る、という起死回生《きしかいせい》の策を。

そのために必要なのは、秀頼《ひでより》自身の出馬だと。総大将自らの出馬により万に一つの可能性が現れる、と。

だが、結局はこの秀頼の出馬も淀君《よどぎみ》の反対によって取りやめになってしまい、彼らは戦場に散った。

この期に及んで淀君は「国替えでもどんな条件でも飲むから命を助けてくれ」と家康《いえやす》に使者を送っている。

無論、そんな事が認められることなどなく、結局は秀頼《ひでより》の自刃によって戦は終わった。

秀頼の脳裏には鮮やかな記憶がある。狭い蔵の中、母である淀君と大野治長《おおのはるなが》、僅かな侍女達しかいない状況で腹を斬ったあの瞬間の記憶が。

「まったく同じだ、何もかも。やはり夢などではないか。

ふん、あと五年早かったら、大御所に土下座でもなんでもして大名なんてとんでもない、自分など千石でも貰って御伽衆の端にでも加えてくれたら十分でありますと言えたのに。

すでにやる気だな、あの狸爺《たぬきじじい》め。おまけに記憶通り、寺の再建を大量にやらされて金が減っていると来た。兵糧や弾薬は買うだけじゃなくて、周辺から集めるしかないか……」

ぶつぶつと独り言を言った後、周囲に誰もいないことを確認して……彼は、豊臣秀頼《とよとみひでより》は溜息をついた。

「もう引き返せない。ならば、惨めな最期を迎えるよりはせめて足掻《あが》いてみようか――」

・後藤又兵衛の戦略

「戦略とは、敵の最も嫌う事をやることです」

秀頼《ひでより》の前に一人の男が座り、威厳のある声でそう言った。

彼の名は後藤基次《ごとうもとつぐ》。俗に後藤又兵衛《ごとうまたべえ》と呼ばれる男である。

木村重成《きむらしげなり》が密かに連絡を取って、大坂に誘った浪人の一人であり、秀頼《ひでより》から直接指名された男でもある。

彼は京で物乞いのような生活を送っていたため、すぐに大坂へと参ずることが出来た。

「この戦、ただ戦い、ただ時を過ごせば万に一つの勝ちもありませぬ。

敵は巨大であり、我らよりあらゆる点で優位に立っています」

大坂城へ入った又兵衛《またべえ》はすぐに秀頼《ひでより》に拝謁した。

そこで秀頼から関東との戦において如何に戦うべきか、忌憚《きたん》のない意見を述べてくれと声をかけられたのだ。

「まず、関東の戦力において、冷静に判断をする必要があります。私はそれなりに戦場での生活が長かった者。

大方の諸将についてはその手腕を存じております」

普通、秀頼《ひでより》のような身分の者から直接声をかけられ、意見を聞かれる事などない。

取次ぎや側近に対して声を上げて意見を言い、側近がそれを横にいる秀頼に語る、という手順を踏まなければならない。

秀頼《ひでより》は正二位右大臣《しょうにいうだいじん》という官位を持っており、又兵衛《またべえ》は無官である。

直接の拝謁すら、本来の武家のしきたりから言えばありえないことである。

それが直接対面したばかりか、周囲に信頼の於《お》ける者のみを置いた場で意見を求められたのだ。

又兵衛は素直に感動すると共に、一つの感想を持った。

意外と、器量のあるお人かも知れぬ、と。

「関東は全国津々浦々から大名を集め、その物量で押しつぶす事が最も基本的な戦略となりましょう。そしてそれは正しいと言わざるを得ません。

戦の基本は相手より多くの兵を集め、その兵力を集中的かつ効率的に運用することです。相手よりはるか大きい戦力を集める事ができれば、戦の準備段階は成功と言えるでしょう。

そして、残念ながらどう足掻いても関東より多くの兵を集める事はできない……そうですな？」

そう言って傍らにいる若き側近、木村重成《きむらしげなり》を見る又兵衛《またべえ》。

その視線を受けて重成《しげなり》が答えた。

「関ヶ原以降、巷に溢れかえった浪人達を集めております。その数はおよそ十万ほどになるでしょう。しかし、歴とした国持ち大名は一人として参陣することはない……それが我らの予想です」

重成《しげなり》は我らの予想、と言ったが正確には秀頼《ひでより》がそう言ったのである。

重成や他の側近、又は奥の女中や淀君周辺の女どもは「豊臣家が檄を飛ばせば世の大名はこぞって参集しよう」と思っていたが、秀頼はこの戦の結果を知っている。

史実を知らずとも、世間に精通した者は今や巨大な領土、権力、兵力を持つ徳川家に逆らって大坂に参陣するなどという自殺行為を行う大名などいないと分かっている。

豊臣《とよとみ》家恩顧の大名達ですら、関ケ原で徳川についたのだ。絶望的な戦力差のあるこの戦で大坂に付こうという大名など皆無である。

これを聞いた又兵衛《またべえ》は頷いて先を続けた。

「関東はおよそ二十万以上の兵を集めてくるでしょう。倍を有する相手に正面から当たっては敗れるは必定。

さらに関東は総大将を徳川家康《とくがわいえやす》殿が、別働隊を現将軍である徳川秀忠《とくがわひでただ》殿が率いてくる布陣となりましょう。

各諸将の中には私と同じかあるいはそれ以上の戦歴を持つお方もおられます。例えば北の伊達《だて》氏、西では島津《しまず》氏や毛利《もうり》氏、私のかつての主君である黒田《くろだ》氏などです」

他にも立花宗茂《たちばなむねしげ》、井伊直孝《いいなおたか》、藤堂高虎《とうどうたかとら》など挙げればきりがない、と又兵衛《またべえ》は語った。

又兵衛の語り口調は、老先生が若き生徒に理論立てて講義をしているようになっていた。

「我ら、つまり大坂方における優位、これはまずなんといってもこの大坂城でありましょう。古今無双《ここんむそう》の巨城であり、これに十万の軍勢が篭ればそうは落ちませぬ。

しかし、ただ守っているだけではいずれは内部より瓦解《がかい》しましょう。これは多くの歴史が証明しております。長い篭城は士気を萎えさせ、脱け出る兵や寝返る者が相次ぐでしょう。

そして防衛線は崩壊する。まず、篭城するのであればこれを防ぐ事が第一です。兵糧を多く積み上げ、弾薬と刀槍を充実させ、内部に娯楽も用意する。

さらに守っているだけではなく、勝てるやもしれぬ、という気持ちを士卒に実感させることが必要です。それにはまず、浪人達を統率できる指揮官が必要となるでしょう」

そう言って又兵衛《またべえ》は秀頼《ひでより》を見る。

譜代や側近だけでは集まった浪人達を統制することは出来ない、そこをどうするのか、と問うているのだ。

「お主の他に、一人は明石全登《あかしたけのり》を考えている。既に参陣するためにこちらに向かっている所だ」

秀頼はそう答えた。

わざわざ明石全登《あかしたけのり》の名を出したのは又兵衛《またべえ》なら彼の事を知っているはずだと思ったからである。

案の上、彼は喜色を浮かべて言った。

「ほう、明石《あかし》殿が来られるのですか。それは心強い。彼ならば万の軍勢を率いて手足のように進退できましょう」

この秀頼の答えに又兵衛は安堵していた。

浪人達の中で能力があり、指揮官として活躍できそうな人物は誰でも取り立てていく、と明言したと解釈したのだ。

「浪人は世に溢れている。浪人だけでなく、関ヶ原で敗軍となり幕府の監視の下、窮屈な生活を送って

いる者も多い。

それらの人々をここ、大坂城に呼び集める。近い内に幾人かの将が参陣する。又兵衛《またべえ》、お主もよろしく頼むぞ」

秀頼からそう声を掛けられた又兵衛は、深く頭を下げた。


謁見が終わり、退出した又兵衛《またべえ》は与えられた城内の邸宅へと入った。

蝋燭《ろうそく》に火を灯して、薄暗く光る部屋の中で彼は口元に笑みを浮かべていた。

「関東の軍勢二十万、相手にとって不足なし。この上ない花道よ……」


その頃の秀頼は。

自室で又兵衛との謁見を思い出していた。

(あれが後藤又兵衛《ごとうまたべえ》か。

京で落ちぶれていたとの事だが本当だったとは……黒田長政《くろだながまさ》と折り合いが悪くて出奔したと聞いたが。

戦上手として名の通った男だ……戦略面は任せて大丈夫だろう。

記憶では浪人衆と譜代の間で確執があったり、淀君……つまり俺のお袋様が色々口を出してきて振り回される形になった浪人衆が結局奮戦むなしく敗れたが。すでにお袋様には「表の事には口を出してくるな」と強く言っておいたし実際に浪人との謁見や戦略会議には参加させていない。問題はなかろう。

どうにかしてあの狸親父の軍勢に渡り合って状況を変えなければ。何もせねば恐らく、記憶通りの悲惨な結果になる。

蔵の中で腹を斬って……火を放ち朽ちたか。無様な最期だ。戦場に出る事でもなく、天守にて堂々と自害するでもなかった。全て私のせいだ。又兵衛《またべえ》達浪人衆を無駄死にさせた……。いや、今はそんなことを考えている場合じゃない。

勝てるかどうかとか悩む前に、このままじゃ負けるは必定。和議の後、堀を埋められるなど冗談じゃない。

浪人衆の中で力のある武将達に大きな権限を与えて戦の采配を任せるべきだろうな。又兵衛は間違いない。あれは将器溢れる人物だ。彼には大局を見て貰うのが良いだろう。

……しかし、現実を見るとどうやって勝つのか想像もできん。豊臣《とよとみ》家に集った浪人達対徳川《とくがわ》家率いる全国の大名だから当然なのだが。

普通に考えて……というか、自分程度が考えて勝てる戦でないことは確かだ。

幸い、実際に又兵衛に会って意見を聞いたが、何か又兵衛には思案があるようだ。記憶でも又兵衛にはもともと何か腹案があったが、実行しようにもお袋様の口出しで出来なかったように思うのだが、さて。

どちらにせよ、自分に出来ることは優秀な武将達に指揮を執らせて万に一つの勝機を見出して貰うことだけだ。

そのためにも……まだ関東から決定的な手切れになっていない今、先に重要人物をこの大坂城へ呼び寄せているのだ。

焦ってはならんが慎重になるほどの時間はない。難しいところだな）

こうして秀頼《ひでより》は急速に戦準備を行っていく。

どうせ何もしなくても、いつかは家康《いえやす》は豊臣《とよとみ》家を滅ぼすために大義名分を掲げて攻めてくる。

それが分かっているから、大急ぎで準備を進めていた。

家康のほうも大坂が露骨に戦準備を進めているので、すぐに反応して全国の大名に動員を行うだろう。

それまでにできる限りの準備を行う。それが今の秀頼に出来る事であった。

後藤又兵衛《ごとうまたべえ》が大坂城に入城してから十日後。秀頼が指名した男の一人が参陣した。

後の世で五人衆と呼ばれる男達の一人。

真田信繁《さなだのぶしげ》、通称真田幸村《さなだゆきむら》である。

・真田幸村入城

かつて、防衛戦、あるいは篭城戦の名手がいた。

名を真田昌幸《さなだまさゆき》。上田城の城主にして表裏比興《ひょうりひきょう》の者と呼ばれた智将である。

城とそれに付随する防御施設、自然の地形を最大限に利用しての防衛戦には定評があった。

特に、上田城という小城で徳川の大軍を二度も防ぎきっているという事実がそれを物語る。

家康公は城攻めが苦手、という評価に一役買った人物と言えるかもしれない。

だが、そんな彼も関ヶ原の戦いで西軍につき、徳川秀忠《とくがわひでただ》率いる大部隊を中山道で足止めしついに関ヶ原本戦に参加させないという抜群の武功を挙げながら、西軍が関ヶ原で敗走したために、敗者の地位へと追いやられた。

高野山近くの九度山にて息子の信繁《のぶしげ》と共に蟄居《ちつきょ》となる。死罪となるはずであったが、家康に仕えていた長男、信之《のぶゆき》の助命嘆願により赦免されたためである。

九度山に蟄居して以来、国許から援助を受けつつ紐を編んでそれを売る事で生計を立てていたという。

関ヶ原から年月もたち、何度か家康に赦免を願う旨を伝えているが、遂に許される事はなかった。

彼は慶長十六年に病で死ぬが、その晩年には家康に赦免を期待することを諦め、徳川家への恨みが残った。

真田昌幸《さなだまさゆき》は期待をしていた。豊臣家と徳川家の戦である。

豊臣と徳川が手切れとなれば、必ず豊臣家は自分を誘うであろう。

そうすれば自分が采を執り、あの大坂城を舞台に徳川家相手に三度辛酸を舐めさせることが可能である。

上田の城ですら落とせなかった家康に、我が采を振るう大坂城を落とせるわけがない。

その自信も戦略もある……だが、この身がそこまで持つかどうか。

そう息子である信繁《のぶしげ》に語っていた。


あの城を使えば、いかな大軍でも防ぎきる自信はある。

長き対陣を相手に強いれば、全国の大名の負担は増大し、不満が拡大するであろう。

そうすれば幾多の大名達の間に、徳川家を見限り、豊臣家に付く者が出る可能性はある。

いや、そのような流説が流れるだけでも効果はある。

そうしてさらに無理押しを徳川に強いれば、乾坤一擲《けんこんいってき》の機会が必ずある。

そのためにはどう戦い、どう守り、どう攻めるか。

秀頼《ひでより》様にはどれほどの兵を集める能力があるのか。どんな人物が駆けつけて来るのか。

「どれほどの人物が馳せ参じようが、わしより軍歴が長い者はおるまい」

そう言いながら、ひたすらに夢想し、叶わぬと知りながら万が一の可能性に賭けていた。

が、彼の命数はそれに間に合わなかった。

無念さを抱えたまま、彼は死んだ。

「家康程度、あの太閤様が造った城を使えば……返す返すも無念である」

これを大言、老人の戯言と言い切れないのが彼の戦歴の恐ろしいところであるのだが、いかんせん寿命には勝てなかった。


それを側で聞いていた、息子の信繁《のぶしげ》が、豊臣家からの誘いに乗って大坂に入城したのは当然であろう。

彼には、尊敬する父の無念を晴らす絶好の機会であったのだから。

当然、このまま九度山に蟄居《ちっきょ》していても父と同じように許されることもなく、ただ逼塞《ひっそく》して死んでいくだけという気持ちもあっただろう。

それ以上に、彼は華々しき舞台でもう一度、六文銭の旗を掲げて真田《さなだ》の武勇を証明したいという気持ちが強かった。

だからこそ、使者の「秀頼《ひでより》様は信繁《のぶしげ》殿を名指しで必ず味方につけよと仰せられました」という言葉に歓喜し、急いで郎党を集めて九度山を降りた。

一応、浅野《あさの》家の監視の下にあり、近隣の百姓達がその役目を担っていたのだが、彼は父の旧臣を集めると秀頼から送られた支度金を使って彼らを完全武装させた。

そのまま、夜間に麓の村を押し通ったのである。百姓に止められるものではなく、さすがに浅野家もこの百姓達を不問とした。

この時の信繁《のぶしげ》の心情をいい表すなら。

「家康に父の無念の分、きっちり落とし前をつけて貰おう」

と言ったところである。さすがに再び世に出るための出陣、しかも徳川家相手の大立ち回りぞ、と意気込んでいる侍たちを百姓に止めろというほうが無茶である。


なお、秀頼からかなり多めの支度金を渡されていたので、兵装を整えることが出来たために、史実のように城門で山賊と間違われるような事はなかった。

むしろ大坂城の近くまで来た時に秀頼から再度使者が訪れ、立派な馬や真田《さなだ》の馬印を渡してくれたのだ。堂々たる行進であった。

このことも、信繁《のぶしげ》の秀頼に対する心証を良くした。

(士を知っておられる)

そう思い、大坂城に入城した彼は早速秀頼《ひでより》との謁見に臨んだ。


「大坂城に篭ってひたすらに防衛する前に、京へと部隊を差し向け、二条城を襲うべきです。敵よりも機先を制して出撃、大和の宇治、瀬田の橋を落として河川を天然の堀に見立て敵を迎撃。そのまま伏見城を攻略し、これを焼き払い、さらに京へと進撃するのです」

野戦で勝利を得ておくことにより、大坂方強し、の印象を敵に与え味方には勝てるかもしれぬ、との希望を抱かせる。

武威は大いに上がり、士気も高まるであろう。

その後部隊を撤収して大坂城を拠り所にして敵を防ぐ。

この初戦での勝利によってその後の流れが大きく変わるはずである。

これが彼の、というよりは父である昌幸《まさゆき》の基本戦略であった。

「徳川方は全国から大名を動員します。集結には当然のことながら時間がかかり、先に大和へと進撃すればさほどの抵抗はないでしょう。

堺を押さえるための出撃はもちろん、ここはどんな形でも勝利を掴んでおくべきです」

その後は寄せかかる敵を城壁によって撃退する。

最初に勝利を得ていれば、敵は必ず勢いを取り戻す為にも無理押しをしてくるだろう。

そうすれば撃退も容易になり、敵に損害を与えやすくなる……というのが信繁《のぶしげ》の戦略であった。

準備が整えばすぐにでも軍勢を動かし、一気に初戦の勝利を得る。

同時に大坂城の防備を強化しなければならない。

彼は城の南側に出丸を築くことを提言した。

「城の南方の防備が弱い、と太閤様はおっしゃったと父から聞いておりますが、なんの、この城の防備は南側とて十分です。

されど、そこに出丸を築くことによって敵により多くの打撃を与えられるでしょう。

敵も南方の防備が他に比べて弱い、ということを知っておりましょうから、そこを攻め立ててくるのは必定。

そこで大いに敵を叩いておけば、やはりそう簡単にはこの城は落ちぬ、との印象を寄せ手に与えることができます」

自身の記憶でも同じような提案をし、その提案が譜代衆から退けられたことを知っている秀頼はこの意見を聞いてこう言った。

「確かにその作戦は大いに有効であろう。ただ守っているだけでは勝てない、との言はさすがに智将として知られた昌幸《まさゆき》殿の薫陶《くんとう》を受けただけの事はある」

秀頼にしてみれば、記憶にあるように城に篭っていても同じような結末を辿る可能性が高いことを知っている。

一か八か、この信繁《のぶしげ》の戦略に乗って流れを変えなければならない。

このままだとどうせ負けるのである。出来る事は全てやっておきたかった。

「これが今、我らに味方すると返事をくれた者達である。すでにこの中で後藤又兵衛《ごとうまたべえ》殿は入城しておる。続々と浪人達も入城しており、木村重成《きむらしげなり》が編成を行っている。元信濃や甲斐出身の者達はそちの手につけよう。

どうだ、その先発部隊、任せられる者はおるか」

信繁《のぶしげ》としては自分がその部隊を率いるつもりであったが、これは秀頼《ひでより》に止められた。

城の南に築く出丸の指揮を執ってもらわねばならないし、防衛戦となれば彼の技量が不可欠だと見たからだ。

自分の戦略が受け入れられたことにより、大いに満足していた信繁《のぶしげ》は早速出丸の普請に取り掛かることを約束。

提示された浪人衆の名前を見て、ある男を指し示した。

「又兵衛《またべえ》殿には他の役割がありましょう。さすればこの中で名声があり敵もさるものよ、と相手に思わせるお人がおりまする」

彼が指し示した名前は二人。

「一人は御宿勘兵衛《みしゅくかんべえ》殿。さらに一人は明石全登《あかしたけのり》殿でしょう」

明石全登《あかしたけのり》を大将として、先駆けとして御宿勘兵衛《みしゅくかんべえ》がこれを率いる、という布陣を信繁《のぶしげ》は提案した。

この会談からまもなく、後の世で五人衆と呼ばれる一人、明石全登《あかしたけのり》が入城した。

・明石全登《あかしたけのり》の後悔

「あの時……関ヶ原でわしは秀家様《ひでいえ》の先陣として福島正則《ふくしままさのり》隊と戦った。戦況は一進一退、いや、うぬぼれるならわしが押しておったよ。

何度も福島隊を押し返し、押し込み、何丁も退がらせた。だが、我ら宇喜多《うきた》隊に後詰めはなく、どうしても関ヶ原中央に進出できなかった。

今でも昨日の事の様に思い出せる。西軍のあと一隊でもまともに戦闘に参加していたら。毛利が山を降りていたら。

全ては意味のない仮定じゃろうがの。結局、あの家康《いえやす》が石田三成《いしだみつなり》より何枚も上手であったわけだ」

大坂城に入城した明石全登《あかしたけのり》は、秀頼《ひでより》との謁見を済ませた後、真田信繁《さなだのぶしげ》を訪ねていた。

自分を先制攻撃隊の大将へと押してくれたことの礼と、あの真田昌幸《さなだまさゆき》の息子に直に会ってその器量を確かめたかったのだ。

明石全登《あかしたけのり》。ジョアンという洗礼名を持つキリシタンである。

今、彼は信繁《のぶしげ》と差し向かいで酒を酌み交わしながら語っている。

「正午くらいか、それより前か。定かではないが、小早川《こばやかわ》隊が突如として大谷殿の部隊に襲い掛かった。

秀家《ひでいえ》様は激昂し、口汚く秀秋《ひであき》殿を罵った。金吾《きんご》を討て、金吾と刺し違えてでも奴を冥土へと送らん、と。

全軍を小早川《こばやかわ》隊へと向けよ、と仰ったがわしが止めた。この場より落ちて再起を図りなされ、とな。

果たしてそれが正しかったのか、今でも自問しておる……結局秀家《ひでいえ》様は捕らえられ、流された。今はどんな不遇な暮らしをなされておるか……」

そう言って酒をあおった。

「今は八丈島におられるとか……」

「左様。備前一国の国主であられたお方が、儚《はかな》い事じゃ。わしはのう、信繁殿《のぶしげ》……」

酒の杯を置くと、明石全登《あかしたけのり》はまっすぐに信繁《のぶしげ》を見詰めて言った。

「デウス様の教えを広めたい気持ちもあるが、それ以上に関ヶ原の雪辱を願っておる。

確かに、世間の言うとおり、ほとんど勝ち目のない戦になろう……じゃが、わしは殿の代わりに秀頼《ひでより》様を助けねばならん。

そうでなければ、顔向けが出来ぬわ」

「勝ち目は元よりほとんどない戦、されど秀頼《ひでより》様の下に集った者は強者が多く、士気は高く、死を恐れぬ者ばかり。

我らが協力すれば、万が一の可能性も生まれましょう」

さようさな、とまた酒を注ぎながら明石《あかし》が言った。

「秀頼様も、どうやら大将としての器が見て取れもうす。ことここに到って、女官やお袋様の言いなりのような柔和なお方だとどうにもならなんだが。

又兵衛《またべえ》殿と信繁《のぶしげ》殿、それにわしや他の浪人達を使いこなすことができそうなお方じゃ。

信繁殿、お主には何か策があるのじゃろう。絶対的に負けが決まっておる戦で、万が一の可能性を起こす策がの。

言わずともよい。わしはわしの為すべきことを為そうぞ」

そう言って、明石《あかし》は胸のロザリオに手を当てた。

「わしはこの通り、デウス様の信者よ。ゆえに自殺は戒律で禁じられておる。負けても腹は斬らぬが、手を砕いて働くことは約束しよう」

「かたじけなく存じます。ともかく、まずは……」

「堺に進出し、幕府の蔵から兵糧を強奪、か。秀頼《ひでより》様も育ちに似合わぬお方よの。それが楽しみでもあるが。わしは浪人達を急ぎ纏めて、隊を指揮できる者を選抜し、軍容を整えよう。わしの息子と孫も供に来ておる。ある程度の器量はあるゆえ、それなりに働けよう。最初は伏見か……」

これから忙しくなるのう、と少し嬉しそうに明石《あかし》は笑った。


明石全登《あかしたけのり》が入城する頃には、大坂城に集った浪人達は十万人に達しようとしていた。

同時に、秀頼は近畿一円より兵糧を買い占める。

何年篭城するかわからないので、とにかく兵糧が多いに越したことはない。

ついでに近畿一円から兵糧を買い占めれば、徳川軍が現地での調達に困ることになろう、との又兵衛《またべえ》の進言でもあった。

遠くの地より兵糧を輸送してくるにしても、それはより遠征軍に負担を強いることになる。

秀頼《ひでより》は木村重成《きむらしげなり》に、堺に軍を差し向け、幕府の蔵米を強奪してくるように命じた。

全国から集まった蔵米は一度堺に集められ、そこから運ばれる。

幕府の蔵米を強奪すれば、当然の事ながら豊臣家から戦を仕掛けた事になるだろうが、秀頼にしてみたらこの辺りが潮時であった。

どうせ家康は豊臣家を滅ぼすために軍を起こす。

相手が大義名分を掲げて準備している間に、強烈な先制攻撃をかけるべきであった。

かくして、大野治房《おおのはるふさ》が兵五千人を率いて堺に進出したのが、大坂の陣の最初の戦闘となる。

尤も、堺には常駐している兵力はほとんどおらず、戦闘にもならずに街に入り、大急ぎで蔵米を運び出すのが主な仕事であったが。

この頃には駿府から大野治長《おおのはるなが》も戻っていた。

大野治長《おおのはるなが》は元々主戦派である。秀頼から方広寺の件で幕府へと弁明に行け、但し一切退くな、媚びずに挑発してこい、と言われたので意気揚々と使者として出かけていったのだ。

そして駿府で本多正純《ほんだまさずみ》ら謀臣が並ぶ場で、堂々と弁明と言う名の糾弾を始めたという。

「君臣豊楽」のどこが悪い、主家である豊臣家を敬い、その下で天下泰平を願う目出度い言葉ではないか。

そもそも徳川家は豊臣家の大老であり、その職を降りるとは聞いておらぬ。ならば何が問題であるのか。それとも徳川は別の腹でもあるのか。

それは簒奪《さんだつ》か？　貴様ら簒奪《さんだつ》するのか？　主家を攻め滅ぼして、自分達の天下か。

高みから見下ろすような態度に終始した大野。応対した本多正純《ほんだまさずみ》のこめかみに浮き出た青筋が切れるかと思えるほどだったが、大野治長《おおのはるなが》は堂々と言い切った。

「そもそも方広寺の件、そちらから豊臣家に対して質問を投げかけること、甚《はなは》だ不敬である。本来であれば、そのような態度を取ることが許されるべきではない。秀頼様の寛容なお心によって、某《それがし》がこうして使者として参ったのに、弁明はあるかとは何事か。

……お主ら、何か勘違いしておるのではないか」

将軍になったからと言って、立場が逆転したと勝手に思うなよ、と大野治長《おおのはるなが》は言い切った。

この時、大野治長《おおのはるなが》は大野治長で覚悟を決めている。

応対した徳川家の人間が激昂すれば、その場で刀を抜き、斬り死ぬ覚悟である。

不可能だとは思うが、この城には家康がいる。あわよくばその首を取って果てたいとさえ思っていた。

まあ、結局のところ、青筋立てたとはいえ、本多正純《ほんだまさずみ》が激昂して太刀を抜くなどという事は無かったのだが。

報告を受けた家康は思案に沈んだ。

まさか豊臣側から挑発してくるとは……いや、それ以上に秀頼である。

大坂は淀君を中心とした女どもが権勢を握っていたはず……それがどうだ、腹心の大野治長《おおのはるなが》を遣わして堂々と挑発に来た。

元々、方広寺の件はかなり強引な言いがかりである。それでも片桐且元《かたぎりかつもと》などはなんとか宥《なだ》めようとして弁明に手を尽くすと家康は考えていた。

豊臣秀頼《とよとみひでより》……追い込まれた事により、その器量が発揮されてきたのか。

なんにせよ、このままこの安い挑発に乗るのは良いことではあるまい。

大坂にいる間者や協力者からさらなる情報を集めねばなるまい。

浪人達を大量に雇い入れるだけではなく、実績ある者を次々と登用しているとも言う。

負けることはあるまいが、今後の徳川の治世のためにも世間に簒奪《さんだつ》者との印象が残るのは避けたい。

家康はしばらく物思いにふけっていた。

・土佐の傑物

大野治長《おおのはるなが》が駿府より戻る少し前、精強な一団を率いて大坂城に入城した者がいる。元土佐の国主である、長宗我部盛親《ちょうそかべもりちか》である。

土佐の国主だった長宗我部盛親《ちょうそかべもりちか》は、関ヶ原後に改易になった元大名である。

改易後、京で幕府の監視を受けながら、寺子屋のようなものを開いていた。

在所から幕府の許可なしに離れることはできない立場であったが、それでも四散したかつての部下と密かに連絡は取っていた。

長宗我部《ちょうそかべ》家再興のために。

元が土佐一国の国主であったために、その配下の者は多い。

改易後、名のある武士は他家に仕えたりしているが、多くの者が浪人となった。

関ヶ原後に生まれた数多くの浪人の中でも、土佐は一大勢力であろう。

長宗我部盛親《ちょうそかべもりちか》が大坂からの呼びかけに応えて入城する、と聞いたかつての臣下たちはこぞって彼の元に駆けつけた。

このまま貧窮の中で朽ち果てるよりは、華々しき戦場でもう一度、と考える者は多かった。

土佐兵と言えば、全国でも聞こえた強兵である。

入城した時は郎党を含めて千人に満たない人数であったその後も増え続けている。

長宗我部盛親《ちょうそかべもりちか》が参戦する条件として示したのは、土佐の国主への返り咲きである。

が、これは体面に過ぎないであろう。

世間の観測はともかく、まともな国持ち大名が軒並み徳川についている状況で大坂が勝利するとは、盛親《もりちか》も思っていない。

むしろ、万が一に大坂が勝利したとして、再度豊臣《とよとみ》の世が来るのであれば、長宗我部盛親《ちょうそかべもりちか》の奮戦なくしてはありえず、その恩賞が土佐一国とは過少に過ぎる。

彼もまた、関ヶ原の雪辱を期す者であった。

「此度の戦、徳川には二つの命題があります。一つには外様である、豊臣家恩顧の大名達にこの大坂城を攻めさせることにより、徳川家への忠誠を示させること。

そして、今ひとつは譜代の家臣達に手柄を挙げさせることでしょう。これ以上、外様の者に恩賞として土地を授ける事は出来ぬでしょうからな」

秀頼《ひでより》に謁見した盛親《もりちか》はそう語った。

後藤又兵衛《ごとうまたべえ》や明石全登《あかしたけのり》と違い、元国持ち大名であり幼少の頃より高度な教育を受けてきた彼には、大名としての目線でこの戦の趨勢《すうせい》を見ることが出来る。

これは貴重な意見であった。

「大坂城の城壁へと最初に攻撃をかけてくるのは豊臣恩顧の大名達でしょうな。しかし彼らが大きな手柄を立ててしまえば、それなりの恩賞を与えねばなりませぬ。

此度の戦、勝ったとて徳川の物になる土地は河内などの七十万石程度。それも大坂と堺という要所があり京に近いこの地に外様は置けますまい。となると、徳川は外様大名を譜代の家臣に率いさせて攻め上ってくると見るべきかと」

その意見に秀頼も同意する。

「それ以上に、大名達には深刻な問題として、この出兵自体が負担となることがあるでしょう。遠く領国から大坂まで大軍を率いて来るのは思う以上に大変な事です。戦が長引く事は嫌うはず。

半年、一年と対陣が続けば国許が不安になるでしょうし、戦費は莫大になり補給もおぼつかなくなるでしょうな。

しかも此度の戦、徳川としては一度始めると勝つまで止められますまい。降伏に近い形での和睦はありえるでしょうが、我らが勝っている状況では引くに引けない……。

そういった状況をどこまで維持できるか、ということが勝機を見出す方法かと存じます」

遠国からはるばる出兵してきている大名達は、さっさと国許に帰りたいのは当然である。

最大限の動員兵力をもって参陣し、攻撃に加わったのだから十分に忠誠心は示せた、だから早く終わって戻らせて欲しい、というのが心情であろう。

それが予想以上に長く対陣することになればどうか？

兵糧の不足、国許の不安、何より徳川の威信は傷つくに違いない。

「そこまで来て初めて、離反を考える諸将も現れるでしょうな。まあ、これは余り期待できないでしょうが。

雪崩を打ったように時勢が変わる、というところまで我らが耐え切れば……あるいは、万が一もありうるかもしれませぬ。

そのためには、数年間この大坂城に篭城する覚悟が必要でしょう」

最後に盛親《もりちか》は出された茶を飲みながら、静かにこう言った。

「正直、私は自分に武略があるのか、将としての器があるのか、まるでわかりませぬ。

関ヶ原では一弾も撃たず、槍を合わせることもなく、ただ退却しただけの男です……。が、少なくとも私が率いている土佐兵の強さだけは保証致しましょう」

盛親《もりちか》が退出した後、秀頼《ひでより》は自室で今後の事を考えていた。

大坂方の基本戦術は真田信繁《さなだのぶしげ》の言った先制攻撃にて、一定の勝利を掴んだ後篭城する、ということで一致している。軍略の基本戦術は信繁《のぶしげ》が立案し、盛親《もりちか》がそれを補完しつつ実際の戦闘指揮官として最前線で戦うのが全登《たけのり》となるだろう。

又兵衛《またべえ》は年齢やその軍歴、名声から言って各将の間に立っての調整役として自然に役割を見出している。

無論、大坂方は関東より兵数が少ない。指揮官の数も少ないので又兵衛《またべえ》も信繁《のぶしげ》も盛親《もりちか》も前線に出ることになるだろう。

秀頼はそれらとは別に一つの別働隊を組織するつもりでいた。

これは又兵衛《またべえ》と信繁《のぶしげ》にも打ち明けており、彼らもその有用性から是非組織したほうがよいと言ってくれている。

浪人の中から屈強の者を選び、少数の部隊を作る。

この部隊はいわば強力な遊撃隊として運用するつもりである。あるいは、機会によっては決死の突撃に使う可能性もある。

この部隊の人選は秀頼が行うことになっているが、信繁《のぶしげ》や又兵衛《またべえ》、全登《たけのり》などが浪人の中からこれはと思う人材を推薦してくれることになっている。

ただ屈強なだけではなく、敗勢になっても逃げない人物、この戦を死に場所としている者が必要である。

現状では以下の者がこの秀頼《ひでより》配下遊撃隊に組み込まれている。

塙団右衛門《ばんだんえもん》。塙直之《ばんなおゆき》ともいい、出家した時は鉄牛と称していた。元加藤嘉明《かとうよしあき》の鉄砲大将だったが、対立して去っている。

浅井政高《あさいまさたか》。元戦国大名であった浅井家の一族である。すでに五十を過ぎており、ここを最後の死に場所と定めている老人である。

毛利秀秋《もうりひであき》。織田家に仕えた毛利長秀《もうりながひで》の息子であり、嫡子《ちゃくし》であったが父の遺領は、子の秀秋を差し置き、娘婿の京極高知《きょうごくたかとも》が大部分を継承してしまった。

なぜそうなったのか、本人は黙して語らないが、何事かがあったからこそ、大坂からの呼びかけに応じて入城したのであろう。

大谷吉治《おおたによしはる》。関ヶ原で西軍として奮戦し、命を落とした大谷吉継《おおたによしつぐ》の息子。父に代わって家に訪ねてきた太閤をもてなした経験もある公達である。

内藤元盛《ないとうもともり》。大坂では佐野道可《さのみちよし》と名乗る。西国の毛利家より密かに遣わされた武士であり、軍資金と共に入城した。輝元《てるもと》からの依頼だが、あくまで大坂についたのは個人の判断である、との立場をとっている。

仙石秀範《せんごくひでのり》。信濃小諸藩藩主仙石秀久《せんごくひでひさ》の息子。関ヶ原で西軍についたことで嫡男《ちゃくなん》であったが廃嫡され勘当されている。

福島正守《ふくしままさもり》・福島正鎮《ふくしままさしげ》。福島正則《ふくしままさのり》一族の者。福島正則《ふくしままさのり》は幕府から危険視されており、江戸に留守役として留め置かれているが、彼らは一浪人として入城してきた。

南部信景《なんぶのぶかげ》。北信景《きたのぶかげ》と名乗る。盛岡藩藩主である南部利直《なんぶとしなお》と折り合いが悪く、放逐された、と本人は語っているが、どうやら南部利直《なんぶとしなお》が関東と豊臣に二股がけのために送り込んだようである。弓五百張り、金箔塗りで自身の名が書かれた矢を一万本、堺の金蔵にあった十二万両を秀頼《ひでより》に献上しており、盛岡藩はどちらに転んでも主家を守れるように立ち回ったのだろう。

井上時利《いのうえときとし》。信長《のぶなが》に仕えて、後に秀吉《ひでよし》に仕えた古豪《ここう》の武士。関ヶ原で西軍についたため、改易され浪人となった。

大坂で徳川の重臣の一人でも討ち取らん、との気概で参加してきた男である。

様々な立場、理由がありこの大坂に入った武士であるが、どれも一騎当千《いっきとうせん》と呼べる武士である。

これらを部隊として統率し、制御して運用する将がいる。又兵衛《またべえ》などは、自分などがその役目を引き受けるしかないか、と思っていたようだが、秀頼《ひでより》の考えは違った。

「最初に名指しで参戦してほしいと連絡を取った者のうち、最後の一人がいる。その者にこの部隊の指揮をやらせるつもりである。奴は必ず来る」

そう言って自分がこの部隊を率いましょうか、と言って来た又兵衛《またべえ》をさがらせた。

又兵衛には他にやって貰うことが多い。

機を見て戦場に投入し、遮二無二《しゃにむに》突っかかり将の首を取ってさっと退くのがこの部隊の戦い方となろう。その軍勢の指揮官として、又兵衛《またべえ》は文句ないところだが、彼にはもっと大局的な戦略を練ってもらう必要がある。

秀頼は連日、城内を回りながらこの部隊で戦える人物を見極めては部隊に組み込んでいった。同時に彼は最後の男を待っていた。

（土佐で山内家の保護下にあるから、そう簡単にはこれまいが、彼は必ず来る）

・打てるだけの手

堺での戦闘とも呼べぬ、占領戦が収束し、その地にある幕府の蔵から、集積されている米や金などを大坂城へ運び込んでいる頃。

秀頼《ひでより》が待っていた男が息子を連れて大坂城にやってきた。

毛利《もうり》勝永《かつなが》。

五人衆、最後の一人である。

豊臣側が戦力を整えている間、徳川も戦準備に余念がなかった。

家康《いえやす》はオランダから大砲を買い付け、さらに配下の者に大砲を製造させている。

巨大な城郭である大坂城を攻めるには大砲が不可欠との判断であった。

さらに各大名から幕府の命に逆らわないとの誓詞を取っている。

この頃、家康は密かに藤堂高虎《とうどうたかとら》に対し、大坂への先陣としての命を出している。

伊賀の大名である高虎《たかとら》は京、大坂へと進撃するに重要な位置にいる大名である。

彼が関ヶ原後に伊賀に封じられたのは偶然ではなく、将来の大坂攻めを考えての事であった。事実、他の大名が勝手な城郭の建造や改築を禁じられる中、藤堂高虎《とうどうたかとら》だけは伊賀に立派な城を構えている。全てはいずれ訪れる大坂と徳川の破局に備えての事である。

大坂城では真田信繁《さなだのぶしげ》、後藤又兵衛《ごとうまたべえ》、明石全登《あかしたけのり》、長宗我部盛親《ちょうそかべもりちか》、木村重成《きむらしげなり》、大野治長《おおのはるなが》らが秀頼《ひでより》の前で軍議を開いていた。

議題は主に二つ。

明石全登《あかしたけのり》を大将として送り出す伏見攻撃部隊の編成について。

そして、紀州への工作についてである。

現在の豊臣家の領地に接している紀州の民衆を扇動し、一揆を起こさせる。

それにより浅野家の足元を揺るがして大坂に加わる圧力を軽減する。それが紀州工作の目的である。

紀州は元々独立心の強い風土がある。

雑賀衆《さいかしゅう》が治めていた頃、信長《のぶなが》に反抗し、秀吉《ひでよし》にも対抗した国である。

今は浅野家の領土となっているが、領民は懐かず常に不満が燻《くすぶ》っている状態である。

かつてこの国をまともに治められたのが、天下の調停人と呼ばれた豊臣秀長《とよとみひでなが》のみであったことが、この国の難しさを物語っている。

紀州への工作を担当するのは、大野治長《おおのはるなが》。

又兵衛《またべえ》ら浪人衆と違い、彼は譜代の家臣である。豊臣譜代の中でも筆頭重臣に位置する彼が直接出向いて工作することは危険も伴ったが、紀州の動乱を煽《あお》るためには必要な事であった。彼が出向いてこそ、豊臣家が本気で支援するという気概を見せることにもなるのだから。

早速、軍資金と武器、浪人達から千人ほどを三十の組に分けて紀州へと潜入させ、地元の一揆へと加わらせるべく出立する大野治長《おおのはるなが》。

目的は浅野家の戦力を国許に釘付けにすることである。足元が騒がしければ、そうそう出てはこられないだろうとの読みである。

浅野家だけが参陣しなかったとしても、全体から見れば微々たる敵が減るだけであるが、浅野家が地理的に最も先に大坂へと進撃することが出来る位置にいる。

この進軍を遅らせることは、伏見攻撃部隊にとって重要な事であった。

伏見攻撃部隊の大将である明石全登《あかしたけのり》は、この作戦の目標を伏見城を焼き落とすことに絞っていた。

後藤、真田《さなだ》と協議したが、どう頑張っても伏見城を中心としてそこに防衛線を敷いても食い止めるには無理がある。

「あと五万、それだけの手勢とそれを支える兵站《へいたん》があれば」

伏見城を落とした後、宇治川の橋を落として防衛線を構築、大坂城に集った十万を後詰に戦えると明石全登《あかしたけのり》は言った。だが、現実には手勢は浪人衆を入れて十万であり、伏見から大坂へと防衛線を繋ぐには兵も糧食も足りない。

ならば、伏見城という名の知れた城を一つ落とすことによって、世間への印象を植えつける事こそが目標になると結論づけた。

すなわち、大坂方は弱兵ではない、むしろ命を惜しまぬ浪人達が集まっており、意外に強兵ではないか。

そう印象づけることが、今後の篭城において重要な要素になるであろう。

対紀州工作に大野が、伏見城攻撃に明石全登《あかしたけのり》が出立する。深夜を選んで、騎乗の士を多くし、徒歩でも健脚な者が選ばれている。

伏見を攻撃している時に、徳川本隊が到着、などとなれば全滅はまぬがれない。風のような速度で伏見に進出、防備が整っていないうちにこれを撃破。

しかるのちに城に火を放って撤退、あるいは余裕があるようなら京の二条城もどうにかしたいところだが……と明石《あかし》は思っていた。

が、これはその時の状況によるであろう。無理をする必要はないし、逆に無理をして敗れれば世間からはやはり上方弱し、と取られる可能性が高い。

先鋒として精鋭を率いる御宿《みしゆく》勘兵衛《かんべえ》もそこは同じ思いであった。

(ま、ほとんど守備隊のいない伏見は楽勝だろうが、問題は焼いてからの撤退戦になりそうだな)

あっさりと逃がしてくれるかどうか。

実際に瀬田で防衛線を行うことになれば、いよいよ退き時が重要になってくる。

その辺りの采配は明石全登《あかしたけのり》に任されていた。

明石全登《あかしたけのり》が軍勢を率いて出立したその日。

出陣を見送った秀頼は今後のことを考えていた。

真田丸の建造は順調であり、もうすぐ完成する。後藤又兵衛《ごとうまたべえ》による部署の割り振りも済んだ。

結局、大坂方としてはこの大坂城に篭る以外に戦いようがない。

古来より、篭城は援軍を期待してのものと決まっているが、彼らに今のところ援軍はない。

大坂方にあるのは、敵をよく防ぎ、損害を多く与えて相手から譲歩を引き出すか、あるいは寝返りを期待する事のみである。寝返りと言っても、実際に今の徳川から豊臣について良いことなど一つもない。

今のままの情勢なら、だが。

真田信繁《さなだのぶしげ》、後藤又兵衛《ごとうまたべえ》の勝利への戦略、とはまさにここにある。

万が一、それ以下の確率であっても、あるいはこの情勢をひっくり返せる可能性。

それはただ一つ、徳川家康《とくがわいえやす》の首を取ることである。

それがどんなに困難なことか、彼らには分かっている。が、この絶望的な状況を打開するにはそれしかないこともまた分かっていた。

「大御所の首を取れば、今の徳川家の体制は崩れる。崩れざるを得ない」

それが後藤又兵衛《ごとうまたべえ》と真田幸村《さなだゆきむら》という二人の稀代の名将の一致した考えであった。

果たして、本当に家康《いえやす》の首を取る方法があるのか。

生まれてこの方、戦を経験したことのない秀頼《ひでより》にもそれが途方もない難事であることは分かる。

敵はこちらの数倍、歴とした国持ち大名達の軍であり、こちらは浪人軍団、しかも相手は用心深いことこの上ない徳川家康《とくがわいえやす》である。

(そう言えば……自分自身は徳川家康《とくがわいえやす》という御仁を知識でしか知らないな)

秀頼《ひでより》はそう思った。

彼が徳川家康《とくがわいえやす》と会ったのは、歴史上に有名な二条城での会談時だけである。

そこでも特に何を話すでもなく、ただ儀式的に共に食事の席についただけだった。

つまり、秀頼《ひでより》は家康《いえやす》と話したことすらない。

(実際の徳川家康《とくがわいえやす》とは、どんな人なのだろう？　狸《たぬき》やら陰謀家、策士と人は言うが、若い頃は血気盛んだったとも聞く。

とは言え、家康に直に会って親しく話した事のある人間なんて浪人衆にはいない……片桐且元《かたぎりかつもと》なら知っているかも知れぬが、それでも親しく話すほどの間柄でもあるまい。織田信長《おだのぶなが》から太閤殿下の天下に至る時代を生き抜いた武将なんて皆大名になっている。大坂方には一人もおらぬか……と)

そこまで考えて、身近に一人、家康を知っている人間がいることを思い出した。

(……忙しさにかまけて全然会ってなかったけど、居たな、確実に知ってる人間が)

そう、秀頼《ひでより》の正室、千姫《せんひめ》である。

・千姫

徳川家の支配は、後に江戸時代として語られる時期と比べ、まだ完全に公儀として固まりきっていない。領地、動員数は飛びぬけており、征夷大将軍《せいいたいしょうぐん》を世襲しているが、世はまだ戦国時代の名残を残している時代である。

とはいえ、ほぼその支配も固まりかけている事は事実であり、最後の仕上げがかつての主家、豊臣家の処遇であった。

関ヶ原後、幕府を開いて天下の主となった徳川家だが、公式には豊臣家は徳川家に臣従していない。二条城での会談もあくまで孫婿との対面というお題目をつけただけであり、秀頼《ひでより》が頭を下げて拝礼したわけではなかったのである。

徳川家としては、豊臣家が徳川の臣下として降り、今後は将軍を奉ります、と言ってくれれば、かつての織田家の者のように適度な領地を与えて一大名として残す事も考えていた。

が、淀君《よどぎみ》を中心とする勢力は徳川家の下風に立つ事を嫌い、あくまでも自らが主家である、との立場を崩さなかった。

こうなれば、この日本で徳川家の天下を認めない勢力が大坂に巨城を構えているのは、はなはだまずい。

今は皆、頭を垂れて家康《いえやす》の前で伏しているが、内心どう思っているかわかるものではない。

関ヶ原で大幅に領土を減らされた毛利《もうり》、自らに責はなく非もないと恫喝《どうかつ》交渉を仕掛けてきた島津《しまづ》。

北では関ヶ原の戦いの時期に、領土を切り取って拡張しようと策動していた伊達《だて》もいる。伊達に到っては、「動かないこと、牽制《けんせい》に終始することが最も忠義である。戦が終われば特別に伊達には百万石を与えようと思っている」との空証文まで切っている。

その他、豊臣家子飼いの福島正則《ふくしままさのり》は関ヶ原の戦いで徳川方についた家であり、元は秀吉《ひでよし》子飼いの将である前田家などは、関ヶ原の謀略戦の一環で一度は謀反の嫌疑を吹っかけられて利家《としいえ》の正室である松《まつ》を人質に取られている。

今は大人しく忠義の者として新政権に協力しているが、それは前当主、前田利長《まえだとしなが》が政治的なセンスを発揮して新政権にうまく尽くしたからである。

もし、徳川家の支配が緩んで何事かが起こるやもしれぬ、となった場合、彼らはどう動くか。

毛利《もうり》・島津《しまず》・前田などが豊臣秀頼《とよとみひでより》を担ぎ、「悪逆なる徳川を誅すべし」とでもなれば伊達《だて》はすぐさま兵を退き、自国周辺で策動するだろう。それこそ福島正則《ふくしままさのり》などは単純な男ゆえ、「最後のご奉公」とばかりに戦場へ進み出る可能性は大いにある。

当然、それは徳川家の支配力が緩み、その威光が急速に衰えるような事が起こった場合のみである。

現状、そんな事は起こりそうにもなく、各大名はこぞって対大坂戦に参陣するために続々と国許を出立していた。

毛利も島津も、当然前田も、徳川家の命により大坂城を囲む側に回った。福島正則《ふくしままさのり》は危険人物として江戸に留め置かれている。普通に考えて、圧倒的な兵力差に加えて相手は浪人。いくらか名の通った人物がいようとも、既に伝説の武人となっている徳川家康《とくがわいえやす》の威光の前には全て霞む存在でしかない。

すでに二代目である秀忠《ひでただ》に将軍職を譲っているが、あくまで徳川家の最高権力者は家康《いえやす》であり、本人にその傾向が薄いとはいえ立派に独裁者である。

家康《いえやす》にとってみれば、今の豊臣家を潰すことになんの感慨もない。

元々、織田信長《おだのぶなが》にとっての同盟者であった彼は、席次として当然織田家臣であった秀吉《ひでよし》より上位であった。

それが奇術のような秀吉の手腕によってまたたくまに近畿一帯は秀吉の者となり、重臣筆頭の柴田《しばた》勝家《かついえ》を破り、多くの味方を急速に増やした。その間、家康は空白地帯となった信濃や甲斐を切り取り、不審に思った北条と交渉し、地道に石高を増やしていた。

その後、織田信雄《おだのぶかつ》の援軍要請に応える、との名目でやっと豊臣秀吉《とよとみひでよし》と対峙。敵の中入り軍を打ち破り、秀吉の妹、実の母を人質に取ることでようやく上洛。ぎりぎりまで自分の価値を高騰させて豊臣の中で最も重き立場を得たのである。

家康の中では秀吉など下賤の身からにわかに大名となった成り上がり者であり、本来なら自分の下風に立つべき者であった。

それでも天下のために豊臣政権下に入り、重臣として仕えてきた。

今、秀頼《ひでより》が当主の豊臣家など、本来であれば幕府を開いた時に列将と共に拝謁を受けさせてやる存在のはずであった。

しかし、一応彼は豊臣政権の大老という重臣の地位に居た。

たくみに乱を煽《あお》り、石田三成《いしだみつなり》を思い通りに誘い込み、豊臣恩顧の大名を率いて合戦し、勝ったとはいえ、この公式の立場は消えない。

臣従しなければ滅ぼすしかない。

豊臣政権が天下統一の総仕上げとして北条家を攻め滅ぼしたように、自分達の幕府を認めぬ者は最早滅ぼして禍根《かこん》を断つ。

それが家康《いえやす》にとっての、生涯最後の仕事となる。

豊臣家がなくなれば、かつての主家はこの世から消える。

徳川だけでなく、他の大名にとっても同じであり、そうなれば全ての大名家は池に浮く浮き草のような存在となり、徳川家がどう扱おうが勝手である。

謀反気がある家や今後の治世に必要ない家は取り潰し、大規模な国替えを行い、直轄領をさらに増やして、特に大坂などの重要都市の全てを直轄地にする。そうすれば、どの大名も徳川家の下っ端役人すら恐れるようになり、石高の高い大名であっても譜代の一奉行程度で押さえられるようになる。

そのためにも、豊臣家をさっさと臣従させるのが一番の近道だったのだが、これは淀君《よどぎみ》のヒステリー気味な反対で消えた。

だから大義名分を用意し、全国の大名に大坂城を囲ませる事によって「かつての主家をお前も囲んでいる」との意識を共有させる必要がある。

その後、徹底的に豊臣家を断絶し、秀吉の墓を打ち壊してこそ社稷《しゃしょく》がたつであろう。

家康は自分が生きているうちに全ての問題事を片付けておくつもりであった。


一方で秀頼《ひでより》は〝なぜか〟この大坂の陣、そして豊臣家の最期を〝知っている〟。眼を瞑れば明確に思い出せるほどに、その記憶は鮮やかだった。

(このまま開戦すれば、長い篭城戦の末、和睦。そして……敗ける)

その未来を打開する方法は、現状ではほとんどないように思えた。

淀君の口出しを排除し、稀代の名将に戦略の全てをまかせても……勝ち目は薄い。

というか、ほとんど無い。

それは名将たち……真田幸村《さなだゆきむら》や後藤又兵衛《ごとうまたべえ》や長宗我部盛親《ちょうそかべもりちか》も分かっている。

分かっていてなお、全力を尽くして幾度かの幸運を物にすることによって、勝利に近い形を作ろうとしている。


戦略は彼らにまかせるしかない。

今は明石全登《あかしたけのり》が率いた部隊の戦果を期待しつつ、城の防衛力を強化し、機会があれば討って出ることだ。

が、その前に徳川家康《とくがわいえやす》という人間を知らねばならない。

秀頼は大坂城の奥へと渡っていく。

渡りながら、自分の持っている知識での家康像をまとめていた。

（徳川家康《とくがわいえやす》。幕府を開いた人物にして、天下人であり、稀代の謀略家という印象が強い。あるいは忍耐の人、という評価が一般的であろうか）

幼少時代は波乱万丈の人生というにふさわしい。

今川家に人質として送られる際、織田信長《おだのぶなが》の父、信秀《のぶひで》によって奪われ、後に信秀《のぶひで》の嫡男《ちゃくなん》と交換で今川家に人質として入っている。

今川家では属将として育てられ、三河に傀儡《かいらい》政権を作るために利用されたという。

その後、桶狭間の戦いによって今川義元《いまがわよしもと》が死亡すると独立。織田と同盟し、外敵と戦っていく。

若い頃は血気盛んであり、自らの境遇に憤りを感じており、多分に博打的な戦を行うことも多かった。

その性格の転機は三方原で武田信玄《たけだしんげん》に大敗した事と言われており、その後の家康《いえやす》は耐え忍びながら好機を待つ将として成長していった。

どこまでが真実でどこまでが虚飾なのか、それは秀頼《ひでより》には分かり得ぬ事である。

（こと、戦についてはどうか）

野戦においてこの日本で最も長い軍歴を持ち、その配下の三河武士軍団と合わせて強兵集団というイメージが強い。

事実、徳川配下の三河武士と、信州・甲斐などから召し上げた旧武田の武士は強力な兵団であろう。

野戦指揮官としても水準以上の者が多いが、関ヶ原などで戦場を馳駆した古強兵は少なくなっている。

大した戦場経験もない旗本が多くなっている。

(それでも、自分の、大坂の旗本たちよりは強いだろうが)

徳川家、というもので見れば、まずは徳川家康《とくがわいえやす》、次に評価は少し落ちるが十分に名将の器である秀《ひで》忠《ただ》。

連れてきている本多忠朝《ほんだただとも》・井伊直孝《いいなおたか》・立花宗茂《たちばなむねしげ》・伊達政宗《だてまさむね》・藤堂高虎《とうどうたかとら》等々、他の大名級も稀代の名将ばかり。

(長宗我部盛親《ちようそかべもりちか》が、旗本と大名には温度差がある、と言っていたな)

忠義の形として、動員兵力限界の人数を連れてきた大名達。

正直、まだ国替え等で安定していない状況で出兵してきている大名もいる。

『損害を受ける前に、さっさと帰りたい』という大名達が多いのも当然であろう。

一方、旗本は手柄が欲しい。この戦が「総仕上げ」である限り、ここでの功名が最後の機会になる。

家康も大名たちよりは、自家の旗本に手柄をあげさせて、徳川家の所領を増やすほうがいい。

外様にはこれ以上の大封は与えたくない。

(そういった情勢を踏まえて……どうにか徳川勢と大名達の戦意を削げないか)

援軍のない状況での篭城戦など、いくらでも手を打たなければただ衰弱して滅ぶのみである。

だからこそ、家康の本質が知りたい。

世間で言われるような人物なのか、それとも真実の姿は天下泰平を願う人格者なのか。

その判断のために……会わねばならない。

秀頼《ひでより》は少し緊張しながら、それでも無作法に障子を開けて目的の部屋に入った。

突然秀頼が入ってきて驚いた女中が慌てて這《は》い蹲《つくば》るが、それに構っている暇は無い。

無視して奥へ進もうとすると、周囲の女中が止め始めた。

「この奥は千姫様の寝所。何用でありましょうか？」

この女中達は徳川家からつけられた千姫直属の者たちである。彼女達から見れば、ここは敵地の真ん中で秀頼は敵総大将、という意識がある。

が、秀頼は彼女達に穏やかな口調で目的を告げた。

「我が妻に会いに来た。夫が妻の寝室に通うのがそれほど珍しいか？」

口調は穏やかだが、有無を言わせぬ迫力を含んでいる。

女中は引き下がった。これ以上止めれば斬られる、と思ったのかもしれない。

女中がいなくなった後、寝室の障子の前で秀頼は少し止まった。

……開ければ、千姫が、秀頼の正妻がいる。

が、結婚の儀以来、公式な場でしか対面していない。

およそ、夫婦と呼べるような関係ではなかった。

まともに話したことすらない。

（……それでも聞かねばなるまい……）

どんな情報でもいいから欲しい。徳川家康の情報が少しでもあれば何か……何か勝機が見えるかもしれない。

秀頼は、一つ息を吐くと、決心して障子を開けた。


千姫とは？

秀頼は考える。

徳川秀忠《とくがわひでただ》の娘であり、母は江。江は淀君《よどぎみ》の妹である。

つまり、秀頼にとっては妻であり、従姉妹でもある。

秀頼と結婚したのは、実に七歳の頃である……これではまともな夫婦生活などあるはずがない。別に戦国時代では珍しくもないことだが。

秀頼《ひでより》には側室の娘、奈阿姫《なあひめ》がいる。側室を娶《めと》ったのは子孫を残すためであり、極論すればそこに愛情はない。徳川家の姫である千姫との間に子を成す事を、淀君が嫌がったという事情もある。

余談になるが、現代に伝わる話では秀頼とは仲の良い夫婦であり、彼女は出家後、天樹院《てんじゅいん》と称したときに豊臣桐を家紋としてかかげていたという伝説まである。

情は深く、天性のものなのか、人に愛される気性であり、家康《いえやす》・秀忠《ひでただ》から深く愛され、兄弟である家光《いえみつ》との仲が良かったという。

その千姫《せんひめ》が、今、秀頼《ひでより》の目の前に座っている。

綺麗な黒髪、大きな目が驚いたように見開かれている。

(美人だな。やはり姫として育てられた気品が感じられる)

突然訪問してきた秀頼に驚いたようだが、すぐに灯りをつけて布団の上に正座した。

それ以来、喋っていない。秀頼から何か言われるのを待っているのだろう。

「千」

と秀頼は短く名を呼んだ。

「はい」

と千姫も短く返事をした。

それきり、秀頼も千姫も黙ってしまった。

秀頼《ひでより》は、何から話せばいいかをまとめられていないから黙るしかなく、千姫も秀頼が喋らないので、自分から喋ることも出来なかった。

「そなたの祖父、家康《いえやす》殿のことをな、聞きにきた」

結局、秀頼は素直にそう切り出した。

「お爺様の事を、でございますか?」

千姫は少し驚いていた。

最近はほとんど会っていない夫が突然訪ねてきたと思ったら、自分のことではなく祖父の事を聞きたいという。

「あの、お爺様の事と言われましても、何をお話すればよいか……」

戸惑った声を出す千姫に、秀頼は苦笑しつつ「そうであったな」と呟いた。

「なんでもいいのだ。幼い頃に何かしてもらったとか、どういう雰囲気かとか、好物が何かなど、なんでも」

そういって話を促すと、千姫は少し首を傾けて考え、話を始めた。

「お爺様は……大きくてお優しい方です。私が幼い頃はよく膝の上に乗せて頂きました。

鷹狩りや水練を好むとお聞きしたことがありますが、実際に見たことはありませんので……」

(優しい……か。孫にはそうだろうな……。千姫に聞いても、実生活の中での家康《いえやす》像は見えないか……

可愛がられている孫だからな)

千姫は徳川家の武将でもなければ、家康の息子でもない。

(そもそも、私に嫁いできたのが七つの頃だ。何を聞くというのだ)

秀頼《ひでより》は自嘲《じちよう》した。七歳から大坂城にいる千姫に、徳川家康《とくがわいえやす》とはどういう人物かを聞くなど。何かが分かる訳がないではないか。

自分は千姫からどんな情報が欲しかったのだろうか。

人格や考え方が聞きたかったのだろうか？　徳川家康《とくがわいえやす》ともなれば、自らの感情を完全に殺して政治的

な判断をしてのけるだろうに。

「もう何年も会っておりません。秀頼《ひでより》様は、二条城という城でお会いしたと侍女から聞きました」

「ああ、確かに会った。が、特に何かを話したわけではないからな」

儀礼として「会った」という、形式ばった対面である。

例えば家康から「徳川家に臣従しなさい」と言い出すわけでもなく、世間話をするわけでもない。

決められた手順に沿って対面し、時間が来たら退出する、そのまま互いに二条城を後にするというだけのものだ。

(尤も、あのときはこんな事になるとは思ってもいなかったが)

そう考えて、秀頼《ひでより》はふと思った。

(家康《いえやす》は……そこで何か自分に感想を持ったのだろうか？)

自分より若い豊臣家の当主を見て何を思っただろうか？

(家康が豊臣家を滅ぼさんとするのは、豊臣家への恨みや自己満足のためではなく、あくまでも政略の一部だろう。

自分が愚物であろうが、傑物だろうが、滅ぼすことに変わりはあるまい……。この「豊臣家に対する戦」によって、全国の武家に対して、徳川家のみが絶対の主君であると知らしめるための、戦。

いや、戦だと思っているのは、豊臣側だけであり、徳川にしてみればこれは政事の範疇《はんちゅう》……なんだろうな)

「あとは……凄く偉いお人なのだ、と子供心にも思っておりました」

（偉い、か。

確かに、前征夷大将軍《せいいたいしょうぐん》であり、幕府の最高権力者だ。偉くないわけがない。関白であった我が父は、公家や朝廷の中では頂点であったが、武家の頭領ではなかった。本格的に形式を突き詰めれば、征夷大将軍は朝廷より賜るものであり、天子の代理人たる関白のほうが偉いとも言えなくもないが……。

武家社会を統一していくには、やはり征夷大将軍《せいいたいしょうぐん》のほうが良いのだろう。

家康《いえやす》は、あの織田信長《おだのぶなが》公が幕府を開かなかったのを見ていた。我が父が関白になったのを見ていた。あるいは、それらを見てやはり政権を運営していくには幕府という形式が最もよいと判断したのやも……。なんにせよ、今や『徳川幕府』が出来上がっており、豊臣家討伐はその総仕上げということなのだろう。

やれやれ。ますます、なぜ千姫とこんな話をしているのか分からなくなってきたな。いや、千姫とこうして家康のことで会話することによって、自分の中で家康という人物像を作ろうとしているのか）

「あの……秀頼様？」

考えに沈んでいた秀頼《ひでより》を心配して、千姫《せんひめ》が声を掛けた。

「ん、すまん。そっか、家康《いえやす》殿は優しい祖父だったか」

（その優しい祖父である家康も、必要とあれば可愛い孫である千姫をためらいなく見捨てるだろう。それが出来るからこそ、実際にそうしてきたからこそ、徳川家康《とくがわいえやす》なのだ）

「お爺様はお忙しく、私も子供の頃に遊んでもらった記憶はあまりないのです。孫は私の他にも大勢いましたし、皆で集まってお話をお聞きしたことくらいしか……」

申し訳ありません。と頭を下げる千姫。秀頼は笑ってそれを遮った。

「いや、いいのだ。そうだな、なんと言ったらいいか。家康殿とは確かに二条城で会ったのだが、一言も話しておらぬのだ。故に、どのようなお方なのか、そなたから聞いてみようと思ったに過ぎぬ。許せ、混乱させたたか」

「あ、いえ、そういうわけでは」

「はは。まあよい。そうか、家康殿は鷹狩りや水練が得意か。お元気な方なのだな」

秀頼がおかしそうに笑いながら言ったので、千姫も緊張が解け、柔らかい笑みを浮かべるようになった。

「父もよく言っておりました。お爺様は毎日決まった時間に起きて、馬を駆けさせ、鉄砲を試し打ちしてから朝餉《あさげ》を取るのだ、と。よく毎日同じような生活が出来るものだと感心しておられました」

「そうか」

(家康《いえやす》殿はご健康のようだ。記憶では和睦の時に家康殿が高齢のため、その死を待つほうが得策などと言っておった者が多かったが、希望的観測に過ぎなかったわけだ。実際、あの後すぐに堀を埋められ我らは……敗れたのだから)

やはり戦途中での和睦などしてはならない。秀頼《ひでより》は改めてそう決意した。

「はい……あの、私からもお聞きしたいことがございます」

まっすぐに目を見つめて千姫は秀頼に聞いた。

「侍女や供の者が言います……秀頼様とお爺様が、戦いになると……」

「事実だ」

秀頼は被せるように言い放った。

ごまかしや嘘を言ってもしょうがない。そして、その事について議論や批評をする段階は既に過ぎている。

その言い様に、千姫の体がこわばる。

「遠からず、この大坂城にまで家康殿が率いる軍勢が押し寄せよう……そして、この秀頼は」

一度息を切って、秀頼ははっきりと言った。

「この秀頼は大坂方の大将である。つまり、お主の祖父と弓矢を交えることになる」

言ってから、秀頼は内心で苦笑していた。

記憶が定かならば、自分は一度家康《いえやす》に完膚《かんぷ》なきまでに負けている。

それが、一丁前に徳川家康《とくがわいえやす》とやりあうと宣言しているとは。

(千から聞いても、家康殿につけいる隙などないとしか言いようがないな。やはり冷静かつ慎重、勝つための手段を整えてから戦に臨む。定石にして王道だ。私程度が何を考えた所でかなうはずもない……。又兵衛《またべえ》達に任せるべきだな。私ではとても相手になるまい……)

それでも。

豊臣秀頼《とよとみひでより》、その名を持つ者として立たねばならないというなら、せめて無様な真似はしまい、となぜか自然に思える自分がいる。

(自分の最期を知っているからか、それともただ錯乱しているだけなのか。

なぜか恐怖や躊躇《ためら》いといった感情はない。間違いなく、記憶では悲惨な最期だというのに)

「だがな、千。私はお前を巻き添えにしたくはない」

そう、千姫は政治の道具にされただけだ。

自分や浪人衆に付き合うことはない。

「……秀頼様」

千姫は目の前の夫を見つめながら、しかしはっきりと言った。

「私はあなたの妻です」

それは自分だけが戦いの前に逃げ出すことを良しとしない、はっきりとした意思表示であった。

(武人の妻、武家の娘として育てられただけのことはあるが、それ以上に本人の気質か)

その強い瞳に魅入られるように、秀頼《ひでより》は千姫《せんひめ》から目が離せなかった。

秀頼が千姫と床を共にした日から数日後、明石全登《あかしたけのり》からの伝令が大坂城に駆け込んできた。

「我が隊、伏見城を焼き払ったり！　されど敵兵力すでに京へと迫っており、これより大坂に帰陣するとのこと！」

・開戦

物事が劇的かつ衝撃的になればなるほど、日本人はその衝撃を内に秘める。

喜怒哀楽《きどあいらく》を表に出さないのが常であり、一般的な日本人と言える。

そう考えると、徳川家康《とくがわいえやす》とは、最も日本人らしい日本人とも考えられる……。

対極に居たのが、豊臣秀吉《とよとみひでよし》であろうか？

とにかくよく感情を溢れさせたという逸話が多く残っていることからも、そう窺《うかが》える。

この大坂城を囲む今も、家康は特になんの感情も見せずに佇んでいるのだろうか。

そう考えながら、ふと豊臣秀頼《とよとみひでより》という人物は、果たして利口か馬鹿かさえ誰にも分からないのではないか、と思う。

今、こうして全国から徳川方に駆け付けた大名達に囲まれ、一大決戦に挑もうという大将がどのような人物であるかを知る者は敵方には恐らくいない。

それは何を意味するのか。

『豊臣秀頼《とよとみひでより》』は、天守閣でそんなことを考えていた。


敵の兵力は少なく見積もっても二十万以上。

大坂城に篭る兵力は戻ってきた明石隊を含めても十万ほど。

伏見城を落としたことにより、『まず一勝して城内の士気を高め、敵の出鼻を挫く』という戦略は成功した。

全体の戦局から見れば、ごく僅かな影響しかないかもしれないが、それでも大坂方が討って出たという事実は、徳川方に多少の警戒を抱かせるだろう。

今、大坂城の広間では将たちが敵の情報を整理し、兵の配置を話し合っている。

「では、南の出丸は問題ありませぬな」

「ええ、そこに来た敵はおまかせを。三万程度なら十分に防ぎきれましょう」

後藤又兵衛《ごとうまたべえ》が真田幸村《さなだゆきむら》に確認している。

ちなみに、真田信繁《さなだのぶしげ》は最近、幸村《ゆきむら》という名乗りを好んで使っている。

これは秀頼《ひでより》が信繁《のぶしげ》を「幸村《ゆきむら》」という通名で呼ぶことが影響している。

幸村《ゆきむら》、幸村と呼ばれているうちにその名が通り名のようになっており、本人もその名を署などに記すようになった。

「幸村、と親しげに呼んで頂くうちに、気に入ってしまいましてな。今は周囲にもそう呼ばせております」

と彼は少し恥ずかしそうに人に語った。

豊臣秀頼《とよとみひでより》という、新たな主君は謁見などで姿を見せるだけの存在ではなく、浪人たちに直接話を聞き、その戦略を取り入れてくれる。

気軽に声をかけ、名を呼んでくれる主君に、真田幸村《さなだゆきむら》という男は真の大将の器を見ていた。

彼だけではなく、他の将も「この人のもとでなら、戦えるだろう」と思っている。

秀頼としては「真田信繁《さなだのぶしげ》」という名前よりも、通名である「幸村《ゆきむら》」のほうが気に入っただけなのだが。

「さて、わしが伏見を焼いたことにより、大御所は怒っておろうの」

明石《あかし》が楽しそうに言う。

「周囲に怒気を見せることによって、これ以上の失態は許さぬ、ということを知らしめるでしょうな。しかし実際には怒りに任せて攻め寄る、などと言うことはしますまい」

又兵衛《またべえ》が苦笑しながら言うと、明石《あかし》も同意した。

「大御所は城攻めが苦手じゃ。逆に平地での決戦では無類の強さを誇るがの。この城を攻めること、憂鬱《ゆううつ》になっておろうな」

軽口を叩く明石。

「まあ、ここで我らが調子に乗って打って出てくれれば、くらいには思っていましょうが……」

「どうかな。大御所は甘い観測や楽観で戦はせん。まず、水も漏らさぬように城を囲んでから、流言や寝返りの誘いで中から崩そうとするじゃろう」

古来より、堅牢な城を崩すには内部からしかない、という事は定石である。

まして、日本一の巨城である。力押しだけで崩れるとは家康《いえやす》も思っていまい。

「誰の元に寝返りの誘いがあるか、それで敵の出方を図れましょう」

幸村《ゆきむら》が落ち着いて言った。

彼は兄が家康《いえやす》に仕えている。

寝返りを持ちかけるには適した人物だと思われているだろうが、それがいつ頃になるかで敵の焦りや内実を探れると考えていた。

「又兵衛《またべえ》殿と真田《さなだ》殿、それに土佐守《とさのかみ》殿にわしかな」

目立っておるからのぅ、と明石《あかし》が笑った。


(そう、目立っているのは真田《さなだ》殿、土佐守《とさのかみ》殿、そして明石《あかし》殿とわし……)

又兵衛《またべえ》は今までの戦の経緯と今後の展望をまとめながら、大坂城周辺の地図を見る。

地図は昔からあるものだが、今はそこに多くの敵方の将の名前が記されている。

(伊達《だて》は布陣した。これは手強いだろう。浅野家は大野殿が足元で盛大に火を煽《あお》っておる。まだ国許を離れられないようだ。

前田も来たが、今は真田殿の出丸に引っかかっている。ふむ、真田殿の指揮も見事だが、前田家はある程度の損害を受けたら陣に退いている。

外様《とざま》の悲しいとこよな……ある程度、これくらいの損害を出すまで戦ったのだから良いだろうという気持ちが見えている。ここまでは順調と言えるか……)

今、秀頼《ひでより》の命令で真田《さなだ》配下の草の者(間者)が周囲の陣を探り、どこに誰が布陣しているかを次々に情報を持ってくる。

それを地図に書き込み、戦略を練っているのだが、どう見ても敵は力押しでこちらの気魂が尽きるまで囲む気だろう。

（しかし、一年以上はこの大軍を大坂に維持できまい……尤《もっと》も、一部を国許へ返し、他の着陣が遅かった者を新たに包囲網に入れるというのもあるか？

いや、どちらにせよ、補給が追いつくまい。となると、囲んだまま、降伏勧告と交渉でどうにかしようとするはずだ……）

彼らの考えている作戦の第一弾。それは相手が交渉してくるまで、勝っていることである。

相手がどんなに兵力が多く、様々な恫喝《どうかつ》をかけてきても、勝っている限り交渉で下手に出る必要はない。

そこで、家康《いえやす》を、その本隊を前面に引きずり出す。出てくればあるいは大坂城から討って出るという選択肢もありえるだろう。

（それまで、ある程度勝っておくことだ。真田《さなだ》殿、土佐守《とさのかみ》殿は十分に守っている。これに明石《あかし》殿とわしが加われば、そうそうこの城は小揺るぎもせん……）

そして、その状況で、いつか近い未来に行われる交渉後、自分達は勝負を賭ける。

どう計算しても、どう考えても、『勝つ』にはそれしかない。それしかなかった。

（我らが目立っておれば、その他の部隊にまで気が回るまい……。

大御所よ、我らの全身全霊を賭けた大勝負、受けていただくぞ）

彼らが考える作戦の要となる部隊は、ようやく部隊の人集めが始まった頃である。

その部隊を率いる者の名は毛利勝永《もうりかつなが》。

塙団右衛門《ばんだんえもん》、福島正守《ふくしままさもり》、青木久矩《あおきひさのり》、浅井井頼《あさいいより》、福島正鎮《ふくしままさしげ》、大谷吉治《おおたによしはる》などを集めている部隊である。

彼らは今は大坂城内で訓練している。

この戦で『万が一』の奇跡を掴むために編成された部隊である。

それはまだ、この時点では牙を研ぎ続けていた。

天守閣の秀頼《ひでより》は毛利勝永《もうりかつなが》が直々に見て回って集めている部隊の訓練を上から眺めていた。

先に述べたような元大名や大名の子の他に、自らの力を試したい武芸者なども入っている。

(しかし武芸者は自らの名を売る事を第一に考えておるだろうから、戦力になるかどうか)

腕は確かだろうが、乱戦で功名に目もくれずに駆け抜けることができる人物だろうか？

そこが少し不安ではあった。

(ま、使うかどうか決めるのは勝永《かつなが》だ。どうにかするだろうさ)

天守閣から遥かに大坂城を囲む軍隊を見ながら、秀頼《ひでより》は呟いた。

「簡単にはいかない。そして……乾坤一擲《けんこんいってき》を見せてやる」

攻城戦は長い。

そもそも短ければ、それはどちらかが負けている場合であり、決着がついているということなのだが。

基本的な攻城戦というのは、城を部隊で囲み、幾重にも塀や堀を急造し、相手に心理的な圧迫を与え、準備を整えてから本格的な戦闘となる。

これが一般的な流れだが、たまに一気に大手門に大軍が押し寄せて、雪崩のように乱入、火を放って大将の首を取る、という場合もある。

天運に恵まれ、敵が油断しており、城への接近が悟られていない場合のみ、成功することであり、大抵は城側の頑強な抵抗にあって撤退することになる。

城、とはそれ自体がまず居住空間であり、権威の象徴である。

しかし、それ以前に城とはまず要塞である。

兵が一気に攻めあがれないように通路は入り組んでおり、防御側は常に有利な位置で戦えるように工夫されている。

「虎口《こぐち》」などがいい例であろう。

城郭の出入口は攻防の基点となる場所、ゆえに様々な対策が取られていた。

門を抜けるとさらに城郭と門があり、その城郭の上より射撃物にてなだれ込む兵を撃ちすくめるものや、側面に門を造る事によって攻城側は蛇行した進路を取らざるを得なくなるために撃退が容易くなるものなどがある。

そして大坂城も、これはすさまじい要塞である。虎口《こぐち》以前に城壁ははるか高く堀は相当に深い。

力押しで落ちることは考えられない、と建設当時より言われ、海内一の堅城と名高かった。

大きさ、広さ、戦闘を想定した場合の仕組みも全て設計者である秀吉が工夫を凝らしている。

家康は城攻めが苦手、と世の評判にあるが、城攻めが得意な武将でも真正面から力押しでこの城を破ることはほとんど不可能といえる。

家康《いえやす》はこの城を搦《から》め手から落とす、つまり内応・離間・政略によってどうにかしようと思っている。


家康はすでに何人かの将に内応の使者を密かに送っている。が、これは全員に断られている。

これは予想できたことである。

いまさら徳川に内応したところで、どれほどの高待遇を約束されようと守られる確証などまったくない。

又兵衛《またべえ》に五十万石、真田《さなだ》に二十三万石などと言ってはみたが、どちらにも興味もなく断られた。

ここまではいい。ある程度想定内である。

浪人者がこの城に篭った限り、ほとんどの者は「最期に何か一花」と思っているものが多いだろう、と家康も考えている。

しかし、それ以外の降伏を勧める使者などもまったく効果がない。

降伏を勧める使者は当然のことながら、正式の使者と秘密の使者があるのだが、なんと大坂方ではどちらの使者も秀頼《ひでより》本人が謁見するという。

そして「なんぞ、大御所は勘違いをしているのか。別に我らはまだ負けてもおらぬし、今すぐに糧食がなくなるわけでもない。降伏ならそちらがする事であろう」と言い放つという。

さらに「そもそもが、仕掛けてきたのはそちらじゃ。降伏したい、というのならそのために何ぞ証を持ってまいれ」とまで言われたこともある。

（……女どもが全てを決めている、という噂もあった。それが真実であったのは……途中まで。そう、あの鐘の件で大野という若侍が来たとき。あの前後から、明らかに秀頼本人が全てを取り仕切っているようだ。そうとしか考えられん）

たとえ浪人達が奮戦しようとも、顔を見せようとせず、公家のように振る舞い、女どもからの言葉しか受けない者の下では長くは戦えん。

それが、豊臣家を滅ぼすと決めたときの、一つの判断材料だった。それがこうも目論みが外れるとは。

（……難しいか、旗本どもでは）

家康《いえやす》は最近、機嫌が悪い。周囲には調略も戦闘も思い通りに進んでいないからだろうと思われている。が、そもそも家康は何事にしても、自分の思い通りに、計算通りに事が進むと考えたことなどない人物である。

いまさら、調略《ちょうりゃく》が失敗していることなどで悩んだりはしない。調略を仕掛けるべきときは今ではない、と割り切れる男である。

家康の不機嫌の理由。それは三河武士……つまり家康直参の譜代・旗本たちの劣化にあった。

関ヶ原、それより以前の小牧《こまき》・長久手《ながくて》、さらに遡れば姉川の戦いなど……。

三河武士と言えば全国に響いた精鋭達である。

個人の功名よりも、主人の手柄。死を恐れることなく圧倒的な結束力と強力な団結力で戦場に錐のように打ち込まれる精鋭。

それが旗本たちであり、譜代の家臣たちであり、その配下の武将・足軽であったはずだ。

（それが今やどうだ。当主どころか侍頭や足軽まで代替わりし、さらにそこから代替わりしたものまでいる。

やつら、戦場に来るにあたって煌びやかな装備だけは整えたが、まるで赤気《しやつき》がない。使い物になるのか、驕《おご》り上がった馬鹿者たちめ）

徳川の旗本が驕るのも無理はない。

自分達が仕えている徳川家は、この大坂の陣の前から征夷大将軍《せいいたいしょうぐん》を頂点に武家を全て支配しているのだ。長年の辛抱が報われた、当然、三河の山深い場所より付き従ってきた者は特権階級と呼べる旗本・譜代となる。

どんな大名がいようとも、彼らにしてみれば徳川家の下に連なる者達である。千石級の旗本に万石を有する大名が頭を下げて通る時代が来ているのだ。

彼ら譜代のものにしてみれば、当然我が世の春。本気で戦争などする気になれないのは当然である。

父や祖父が命を散らしての奉公によって、自分達の地位は安泰である。そうなれば、無駄に戦場で命を散らすことなど、彼らは考えない。

徳川家は他家を使役し、自分たちはそれを監視する立場がふさわしい。

そう考える者——特に若い世代に多い——には家康《いえやす》は苛立っていた。

（三河武士も最早権力の中で出世を願う世代が中心か……次代のためにも豊臣家を潰すだけでなく、旗本達を引き締めねばならん。そう考えて、攻撃側は譜代に行わせ、無理押しでも手柄を立てる機会を作ったというに）

家康は元から今回の出兵一回で大坂城を廃墟にできるとは思っていない。

今回は相手に心理的な圧迫と損害を与えた上で、相手をある程度立てた講和を持ちかける。

そして、次の戦こそ、一挙にこの戦国時代に幕を引く戦にすると考えていたが……。

ところが、どうにも相手に損害を与えるどころか、こちらばかり損害が増えている
家康は爪を噛みながら、思案した。

（まず、南の出城。通称「真田丸」。

真田幸村《さなだゆきむら》、と名乗る男が信州兵を中心に五千ほどがそこに立てこもり、神業のような防御戦術で前田家の軍勢を貼り付かせている。その技量、兵の掌握術を見ても、父、真田昌幸《さなだまさゆき》並みの男か。忌々しい事よ。

その近く、八丁目口を守る長宗我部盛親《ちょうそかべもりちか》。

あの元土佐国守、長宗我部《ちょうそかべ》家の嫡男《ちゃくなん》だが、ここに集った土佐兵と苛烈な盛親《もりちか》の指揮によって、井伊直《いいなお》

孝《たか》、松平忠直《まつだいらただなお》などがいいようにやられている。その他、松倉重政《まつくらしげまさ》、榊原康勝《さかきばらやすかつ》などもこの八丁目口に布陣しているが、松倉《まつくら》はそれなりに働いているが、井伊《いい》や松平《まつだいら》に遠慮があるのだろう。

関ヶ原から徳川についた経歴から、この二人には強く意見は言えまい。榊原康勝《さかきばらやすかつ》は猛将型だが、配下の者が驕《おご》っている。榊原康勝《さかきばらやすかつ》自身が全指揮を執れば火の出るように攻め立てることもあろうが……井伊《いい》直孝《なおたか》がこの方面の主将。勝手はできまい。その他の古田重治《ふるたしげはる》、脇坂安元《わきざかやすもと》などはそれこそ遠慮しておろう。

今回の戦は譜代に手柄を立てさせること。いわば、彼らは予備兵なのだ。

長宗我部盛親《ちょうそかべもりちか》、土佐兵だけで四千を揃え、さらに四千の兵を秀頼《ひでより》からあてがわれているようである。

この調子では、八丁目口を抜くことなど夢のまた夢か。

東では後藤又兵衛《ごとうまたべえ》がなにやら豊臣譜代の若者達と、様々な国の浪人衆をまとめて指揮しているとのこと。

その数はどうも一万ほどらしい。又兵衛《またべえ》のみではなく、なにやら涼しげな若者を側におき、副将としているようだ。

この副将もよく働く。本多忠朝《ほんだただとも》が何度も手ひどくやられた。時に城壁によって撃退し、機を見ては門を開いて打って出てくる。

本多康俊《ほんだやすとし》や、酒井家次《さかいいえつぐ》もいるが……この顔ぶれではどうにもならぬな。

抑え、予備兵に強力な大名を配しているが、彼らをうまく使えるほどの器量もなさそうか……器が違う、か。

北……天神橋付近では明石全登《あかしたけのり》が守っているか。伏見城を焼いた老将め。あやつのせいで城方の士気が下がらん。

おまけに一万の兵と大筒まで持ってきている。本多忠政《ほんだただまさ》に各諸将をつけているが、一歩も進めておらん。

こちらの持ってきた大筒は相手に心理的な圧迫を加え、不眠にさせること、かの城の女どもをして講和に走らせることのために砲撃しておるが。

やつら、こちらが砲撃した弾は拾っていって鉄砲の弾の材料に使っていると報告が入っている。実際にやっているかどうかしらんが、大筒が何の効果ももたらしていない、と宣伝しておるのだ。

本多忠政《ほんだただまさ》以外の外様の将は抑えのみ。松平信吉《まつだいらのぶよし》などの者と協力して当たっているが、被害は増えるばかりか。

西には豊臣方の譜代や縁深い大谷吉治《おおたによしはる》、さらには御宿勘兵衛《みしゆくかんべえ》が指揮を執っている。

ここは終始睨みあいのみ。ろくに戦闘も起こっていない。

攻めにくい上に配置されている兵も多い。さらに外様を多く張り付かせているから、せいぜい言葉合戦程度か。ここは何の動きもあるまい）

家康《いえやす》は溜息を吐き出すと、顔を顰《しか》めた。

（潮時だな。三河武士も落ちたものだ。

一度、何らかの処置を持って譜代の者達を立て直す必要がある。

が、それは戦後のことだ。すでに城を囲んで二月以上。これ以上待っても、譜代の者達では、古豪《こごう》た

ちにはなす術なし。兵糧の問題もある）

「やむなしよな。誰かある！」

この日、家康《いえやす》は譜代の家臣たちを前線から下げる決定を下し、各方面の主力を変更する命令を下した。

譜代たちはこの命令により家康の怒りを恐れて縮こまったが、それがまた家康の癇《かん》に障《さわ》った。

が、それを外部に見せるほど軽薄な男ではなかった。

「決着をつけるためにも、大坂には損害を与えねばな……しかし、浪人連中がこれほど結束して力を発揮するとはな。

やはり……豊臣秀頼《とよとみひでより》。世間で言われている阿呆ではない、か」

・部署替え

～大坂城南方・真田丸～

（ほう、前田が積極的に動いてくるとは）

今までは、それなりの〝戦闘〟をしていて損害が大きくならないうちに退いていた。

それが明らかに兵の動き、その動作から幸村《ゆきむら》は〝変わった〟ことを感じ取っていた。

（本気でくるか、加賀の前田！）

槍を掴んで立ち上がると、大声で兵を配置に付かせる。

「来るぞ、これまでのまやかしではない、本物の前田家がな！」

～大坂城南方・八丁目口～

榊原《さかきばら》・井伊《いい》・松平《まつだいら》の旗が下がって消えていく。

それを怜悧《れいり》な眼で見ながら、盛親《もりちか》はその部隊を見ていた。

「殿！　追撃を行いますか！」

部下の土佐人が叫ぶが、盛親《もりちか》はそれを止めた。

「出て行けば、百の首を取れるだろうが、千の味方を失うだけだ。

どうやら、部署替えがあったようだな」

盛親《もりちか》が指差した先。

「九曜の旗に竹に雀の旗。伊達《だて》政宗《まさむね》と伊達《だて》秀宗《ひでむね》だ」


〜大坂城北方・天神橋〜

「本多《ほんだ》め。下がるか。あの世の忠勝《ただかつ》にわびるのじゃな」

かっかっか、と快活に笑っていた明石全登《あかしたけのり》だが、眼は笑っていない。

「本多が下がった。さて次の相手は誰じゃいの？」

確かに本多とその馬周りなどは下がったが、その他の諸将の軍はまだ前線にいる。

「この方面の主将を代えるか……ははぁ、なるほど、さすがは大御所じゃの。思い切ったものじゃ」

本多が去った後、その布陣と戦場の空気を見て、歴戦の士である明石は一つの旗を指差した。

「あれが主将になったということじゃろうよ。これは面白くなってきた」

その旗に描かれた家紋は「祇園守《ぎおんまもり》」。

立花宗茂《たちばなむねしげ》のものである。


〜大坂城東方・平野川〜

又兵衛《またべえ》の率いる部隊の前に平野川がある。

その川を挟んで相対する敵の陣地が動いた。

今まで一歩も動かず、ただそこに佇んでいただけの部隊が、静かに中央に出てきた。

「毘沙門天《びしゃもんてん》の旗……」

誰かが呟く。

かつて、常勝不敗・戦国最強の名を誇った家。

又兵衛《またべえ》は表情こそ変えなかったが、槍を握る手が白くなるほどに強くなっていることに気がついた。

「いよいよ本番ということか。毘沙門天《びしゃもんてん》に挑むほどの戦が出来ようとは、まこと、大坂に来た甲斐があるわ」


古来より、戦は初戦が大事、という。

小牧《こまき》・長久手《ながくて》の戦いで初の双方激突で勝った家康《いえやす》は、後の外交においても有利になった。

関ヶ原も、極端に言ってしまえば、宇喜多《うきた》勢と福島《ふくしま》勢の優勢が勝負を決めている。

「初戦を勝ちで飾れば士気上がり、逆に相手は恐れが混じる。この差は容易に埋められない」

それが戦の常道の一つであった。

本来、大坂方は伏見でまず一戦して一勝している。

毘
毘
毘
毘
毘
毘
毘
毘

伏見に大した兵がなかったにせよ、まさか大坂方が押し出してきて伏見城を焼き払うなどとは誰も考えていなかったのだ。

これにより大坂は「意外に相手も手ぬるい」という印象を足軽までが持ったし、徳川方は「相手が突出してくることもありえるか」と思わざるを得なかった。

そして、徳川譜代の者たちは、その後の戦闘において敵方に一歩も踏み込むことなく無為に被害を拡大した。

こういう場合、負けている側は、徐々に士気が落ちていき、気分が萎えてくる。

通常の場合ならば。

しかし、今回家康《いえやす》は全国の大名を総動員している。

本来、家康《いえやす》はこの戦で譜代を大いに働かせ、それに十分な論功行賞《ろんこうこうしょう》を行うことによって家臣団の強化を図る腹があった。

が、家康が危惧した以上に譜代の家臣団は戦慣れしておらず、三河武士の剛強さ、粘着さなどがなくなっていた。

ここで家康は、すでに負けて士気が大いに下がっている譜代を下げた。

つまり、士気が下がってしまった、ようはケチのついた部隊を引き揚げさせて新鮮な部隊を戦線に投入したのだ。

家康が連れてきた大名達の多さが分かる一面である。

家康は旗本を叱責すると同時に、彼から見て十分な戦力と戦略を持った者たちに書状を送って部署替えを断行した。

（……妙な感じだ。こちらが圧倒的に攻めているのに、相手の掌の上で戦っているような）

家康はこの手の戦場の勘の鋭さでは、当世随一であっただろう。

この手の能力で彼を凌ぐのは、故織田信長《おだのぶなが》、あるいは故太閤秀吉《たいこうひでよし》くらいのものであろう。

家康は伝令を呼んだ。

「今、大坂に向かっている、まだ着陣していない大名にたいし、急ぎ登りまいらせよ」

家康は部署替えからまだ戦闘が起こっていない時期に、この命令を四方に飛ばした。

（なにか、ひっかかるものがある）

それがまだ何かわからぬが、とにかく打てる手を全て打つ必要がありそうだと感じていた。


前田利常《まえだとしつね》。

加賀の前田家という巨大な家の主だが、外様であり、自らの母を徳川家に人質に取られている。

関ケ原以来、徳川家にひたすらに従順に従っており、それだけが家を守ることだと考えている。

利常《としつね》は、あるいはその父、前田利家《まえだとしいえ》以上の才覚があるかもしれない。

前田利家《まえだとしいえ》がその武辺で獲得した加賀という広大な土地を治め、かつ、天下人に対して難癖をつけられないように苦慮している。

そのために、わざわざ徳川家から家老を譲り受けている。本多政重《ほんだまさしげ》である。

家老といっても、目付け役であり、豊臣に万が一にも走ることのないように上位者のように監視していた。

この戦闘でも、利常《としつね》はやる気がなく、この政重《まさしげ》に任せていた。

が、いつまでたっても真田丸に損害を与えることができず、加賀兵の損害ばかり増えていた。

そこに、家康《いえやす》からの使者が来た。

用件は二つ。
・本多政重《ほんだまさしげ》は本営に戻ること。
・前田利常《まえだとしつね》は全力で真田丸を抜くこと。
以上二点である。

こうして前田利常《まえだとしつね》は戦場に出た。

真田丸を抜くことよりも、ここ数年、自分達に頭ごなしに命令してきたいけ好かない政重《まさしげ》がいなくなることが嬉しかったであろう。

「しかし、真田丸か。六文銭の旗、かくの如し。よほどの準備がいるな」

彼はこの日から、米俵、戸板、土塀などを真田丸の眼前に作り始めた。

真田丸に対して、近接要塞戦を行うつもりであった。

伊達政宗《だてまさむね》。

いわずと知れた奥州の龍。いまだ天下への野望を捨てていないと評判の伊達男。

彼の率いる東北兵は言わずと知れた強兵である。

戦にも慣れている。

政宗《まさむね》そのものが、この戦国時代の中で生まれる場所さえ中央に近ければ、英雄の一人として人生を送った男である。

が、時勢は彼に時間を与えなかった。

奥州を統一している間に、いつのまにやら豊臣政権という巨大な〝天下〟が出来てしまった。

関ヶ原の戦いがあれほど短時間で決着がついたのも誤算だっただろう。

家康《いえやす》との口約束の百万石は反故《ほご》にされた。別に怨んではいないが。

戦国時代などそんなものであろう。

「長宗我部盛親《ちようそかべもりちか》か。四国の覇者たる父を持つ男。何なら語り合ってみたい気もするが。

しかし我らも奥州伊達《だて》軍。龍に率いられた者と土佐の豪傑か。絵巻物にでもなるか」

重長《しげなが》！　と政宗《まさむね》は一人の男を呼ぶ。

「先鋒だ。ひと当てやってみろ」

政宗《まさむね》は片倉重長《かたくらしげなが》に先鋒を任すことを決めた。

立花宗茂《たちばなむねしげ》。

鎮西一《ちんぜいいいち》。古今無双《ここんむそう》の勇将。

関ヶ原後に大名に戻った男でもある。

指揮能力はきわめて高く、同時代ではあの本多忠勝《ほんだただかつ》と並び称された。

「養父（立花道雪《たちばなどうせつ》）が凄かっただけだ」としか彼は他人に語らなかったが、彼自身の才覚も大きかった。

彼はそれほど大人数を率いていない。が、天神橋方面で後方に下がった旗本を除く全部隊を家康《いえやす》は彼の指揮下に入れた。

「難しいこと……相手は、明石殿《あかし》か」

そもそも、立花宗茂《たちばなむねしげ》は大御所である徳川家康《とくがわいえやす》から「恩ある豊臣家に弓引くのはご勘弁願いたい」と申し出ており、家康もその言を入れてあくまでも予備部隊として配置していただけだ。

しかし、この方面を任せられる歴戦の将は彼しかいなかった。

約束を破ることを詫びる書状が大御所本人から届いている。

「……しかたあるまい」

大坂城がある限り、正面からの力押しだけでは無理だと考えるのが普通である。

が、あえて宗茂《むねしげ》は突撃隊形を取らせた。

（機を見て押し込むことだ。相手は二重、三重の防御の中に退却できる。せめて大外の壁に張り付いている状況はなんとかせねば）

彼は采配を振り、大きく頭上で円を描いた。

それに伴い、川を挟んで横に広く兵が展開した。

「では、まずはやろうか」

さて、後藤又兵衛《ごとうまたべえ》と相対している武将である。

「毘」の旗が整然と並び、本営は歩哨すら身動き一つしない。

主、上杉景勝《うえすぎかげかつ》は極端に無口な男であり、一日一度も口を開かないことすらある。

戦場では全身に覇気をみなぎらせ、それを冷静に統御することに全力を傾けている。

その景勝《かげかつ》の左に一人の将がある。

直江兼続《なおえかねつぐ》である。

統率を景勝《かげかつ》が、指揮を兼続《かねつぐ》が執るのが、この上杉家の軍法であり、それ以外は謙信《けんしん》時代より変化はない。

天下に隠れもない強兵集団であり、国力の差がなければ徳川家とすら戦えるといわれた家である。

「兼続《かねつぐ》」

短く景勝《かげかつ》が言った。

「心得ております」

兼続《かねつぐ》がそう返して、全軍が一斉に動き出す。

「まずは様子見からですな。後藤又兵衛《ごとうまたべえ》、我が上杉家の〝車懸かり〟をどういなすか、拝見しましょう」

真田丸に前田が、八丁目口に伊達《だて》が、平野川に上杉が、天神橋に立花が来る頃。

大坂城の西も若干の動きがあった。

まず家康《いえやす》の命で松平忠明《まつだいらただあきら》が茶臼山の麓にある今宮村に下がっている。

家康は徹底的に譜代を大坂城攻略から外す事にした。家康の譜代に対する不信感は決定的に深くなっている。

圧倒的兵力で城を囲んでおきながらいいようにあしらわれている。どうにもならない。そんな思いが家康を捕えている。

それが松平忠明《まつだいらただあきら》という、この戦で特に手抜かりのなかった男を戦線から外すという行為に現れている。

忠明《ただあきら》にとっては理不尽《りふじん》としか言いようがない仕打ちである。彼は関ヶ原の戦いで父と共に参戦している男で、この戦でも河内方面の大将だった。

しかし他の譜代の無様な戦いの連帯責任のような形で、大将を鍋島勝茂《なべしまかつしげ》に譲る事になった。

兵を率いて今宮村に陣を移せ、との家康からの命令を受け取った時、しばし呆然とした後、烈火の如く怒り狂い、朋輩への呪詛《じゅそ》を吐き出している。

ついには、

「戦を知らぬ馬鹿共をつけあがらせた大殿にも責任があろう」

とまで言い放ち、家臣に諌《いさ》められている。

抑えきれぬ怒りを持ったまま、忠明《ただあきら》は新たな陣所となった今宮村から自分の母である亀姫《かめひめ》に手紙を送っている。亀姫は家康の長女である。

内容を見た亀姫から父、家康に抗議の文があったというから相当な内容だったのであろう。

彼は今後、体の奥深くから湧き上がって来る怒りを抱えたまま、今宮村で戦局を見ることしかできない。

この日以降、忠明《ただあきら》は昼から酒を飲み他の譜代達を罵《ののし》って暮らす事になる。

・真田 対 前田

真田丸。

大坂城の南方、平野口に構築された出丸である。

篭るは真田幸村《さなだゆきむら》に率いられた信州兵四千に、秀頼《ひでより》から増援としてつけられた千を合せて五千。

（十分だ）

幸村《ゆきむら》は気負うでもなく、冷静に部下を見渡して思う。

（この五千を一つにし、前田を迎え撃つ。ここに六文銭ある限り、決して平野口は破らせぬ。秀頼《ひでより》様の信頼に応えるためにも）

実は幸村《ゆきむら》が篭る真田丸を造り始めた頃、城内に噂がたった。

「幸村殿が城の南に出丸を造っているのは、兄の信之《のぶゆき》と内通して城に敵を招き入れるつもりだ」

この噂を聞いた後藤又兵衛《ごとうまたべえ》はすぐさま、

「幸村《ゆきむら》殿が出丸を造ってまで南の敵を一手に引き受けようとするのは、そのような噂を流す痴《し》れ者がいるからである」

と言っており、また秀頼《ひでより》も、

「幸村《ゆきむら》に限って内通などない。そもそも兄と内通するくらいならここには来ていない。あいつは六文銭の誇りを背負って最後まで戦う男だ」

そう言って幸村を全面的に信用する事を明言している。

また、その信頼を口だけではないと示すために手勢を千ほど幸村《ゆきむら》に預けた。

幸村は秀頼の配慮に感謝し、開戦以来、敵に出血を強いてきた。

「殿」

草の者（幸村の使っていた間者）がいつの間にか幸村の側に来ていた。

「前田勢、真田丸の前面に米俵、戸板などを並べ始めております。その向こうではどうやら土を掘っておる様子」

「なるほど。これはいよいよ前田利常《まえだとしつね》、本気になったか」

「いかがされますか」

幸村《ゆきむら》は少し考えて、何人かの主だった将を呼んだ。

「お主ら、今晩の闇にまぎれて篠山に登れ」

篠山とは真田丸の前方にある丘である。

「篠山に既に前田勢がおれば引き返せ。おらねば明朝より前田勢の作業を妨害するため、銃を打ち込め」

篠山に密かに兵を配置し、銃によって相手を叩く。損害はそれほどでないだろうが、その状況で作業は続けられない。

（問題はその後だ）

作業が続けられないのであれば、前田勢はどう動くか。

（まず、篠山だ。この出丸に突撃するより篠山の別働隊を叩く。いや、追い散らしてそこに兵を置くか。

今はまだ篠山に気がいっていないだけ。気づけばそこに兵を置く。何せ相手のほうが兵は多いのだ。……篠山を要塞化しておくべきであったか？　そこに二千、いや千でいい、最初から兵を置いておけば……無理だな。時間も足りぬ。なにより放っておいてあるからこそ今、篠山に前田勢の目が向いていない）

内心で策を練りながら、幸村《ゆきむら》は次々と下知《げち》を飛ばす。

「この出丸に篭る限り、一年でも二年でも持ちこたえられる。無駄弾を使うな、敵は引き付けよ。長宗我部《ちようそかべ》殿と連絡を取れ。連絡役を走らせよ」

（篠山からの銃撃とあれば、それを排除するために人数を割くのは間違いない。銃撃の密度によって割く人数は決まる。前田利常《まえだとしつね》、侮《あなど》ってはならぬ相手だが、ここは戦果の拡大を図るべきだ）

幸村はあえて自ら仕掛ける事を決めた。

「篠山へは鉄砲百丁を持っていけ。幸昌《ゆきまさ》、お主は別に兵を率いて篠山に潜め。鉄砲を追い払おうと前田は兵を差し向けてくる。

それを叩き、鉄砲隊と共にこの出丸へ戻るのだ」

真田幸昌《さなだゆきまさ》。幸村《ゆきむら》の息子である。今年で十六歳の若武者で、若い頃の幸村に似ている。秀頼《ひでより》の招集に応じた父について九度山から出て来ていた。

「わかりました」

気負うでもなく、震えるでもなく落ち着いた声で返答すると、幸昌《ゆきまさ》は兵を集め出した。

（頼むぞ幸昌。ここはまず相手の出鼻を挫く事が大事。お前とこの父の連携こそがそれを成すであろう）

前田勢は古田重治《ふるたしげはる》や寺沢広高《てらざわひろたか》などを配下に吸収し、攻城戦の構えを見せていた。

「無理押しが通じるような構えではない」

前田利常《まえだとしつね》はそう言って周囲を戒めた。

この戦いが始まった当初、前田勢は真田丸を単純な力押しで攻めていたが、空堀と二重の柵、櫓に楼閣まであり、このためはなはだ攻めにくく、銃火にさらされて被害ばかり増えた。

「一つの城郭を攻めると思うのだ」

前田勢の将たちはそう言って十分な備えをあつらえようとしていた。

土を詰めた米俵を積み上げ、そこに戸板を縄で固定し、真田丸からの攻撃を防ぐ盾としつつ、土を掘って土塁を築き、攻城のための大砲を前線に持ちだしてきた。

本格的に真田丸と対峙するために、これらの工事は急がねばならず、かといって作業の妨害のために真田丸から兵が討って出て来る可能性もある。その対処の為の兵も展開させる必要がある。

作業を始めてから二日目、真田丸に多くの旗指物《はたさしもの》が動いているのが前田勢から見えた。

「あるいは、出て来るか？」

この最前線を任された前田家の将、岡島一吉《おかじまかずよし》は思った。

岡島一吉《おかじまかずよし》、加賀前田家にあって一万二千石を領する名将である。

かつて関ヶ原の戦いが行われた時、前田勢が行った大聖寺城攻めでも活躍した古豪《こごう》である。

今回の戦でも前田家の先鋒を任されていたが、戦が始まってみれば真田丸という強固な要塞に対して何の策もなく、ただ人数まかせに突撃を命じる本多政重《ほんだまさしげ》に辟易《へきえき》としていただけであった。

徳川譜代でもない外様の前田家としては、損害が出ても退くに退けず、かといってあまり損害を受けすぎると自らの家の力を落とす事になる。

まして、本多政重《ほんだまさしげ》の指揮では戦う気も起きず、ただ無策に突撃する前田勢を歯噛みしながら見ていただけであった。

しかし今は岡島一吉《おかじまかずよし》が指揮官である。

「作業を続けよ。ただし、奥村《おくむら》をあの出丸の抑えに置く」

そう言って彼は奥村栄頼《おくむらながより》の部隊を真田丸の正面に動かした。もし相手が討って出てくれば奥村の部隊がこれを防ぎつつ、岡島《おかじま》の部隊が応援し、押し返す事になるだろう。

(奥村《おくむら》が崩れても自分の部隊が加われば問題あるまい)

岡島《おかじま》はそう思い、作業を続けさせた。

奥村栄頼《おくむらながより》は前田利常《まえだとしつね》に重用されている武士であり、家内ではそれなりに権勢を持っている。

当然、武勇もある。

この部隊を真田丸の正面に置いた岡島《おかじま》の采配は、常識的に考えて普通の処理であろう。攻城陣地を構築する前田勢を真田丸の兵が黙って見ているとは考えにくかった。

が、兵は真田丸からは来なかった。朝からの作業が一段落しようかという頃、突如として銃声が響き渡った。

岡島《おかじま》は一瞬、真田丸を見た。

しかし真田丸の様子は先ほどと変わらない。なにやら旗指物《はたさしもの》がしきりに動いているだけである。

(篠山か!)

岡島《おかじま》が篠山を振り返ると、はたしてそこには銃口を並べた兵が、篠山に近い攻城陣地を構築していた兵を撃ち倒しているところであった。

(いつの間に篠山に!)

岡島《おかじま》はすぐさま陣地を構築中だった兵を下げた。彼らは土木作業中のため、鎧具足を着けていない。撃たれれば撃たれるままである。急ぎ収容せねばならない。

だが、既に恐慌状態にある兵にはなかなか指令は届かない。兵は次々と倒れていった。

「真田丸の動きは囮か!」

岡島《おかじま》が叫ぶが、時既に遅かった。

結局、前田勢は篠山からの射撃で被害を受けた。

人数にすればそれほどの打撃ではないかも知れない。が、陣地構築中に受けた被害である。このまま陣地構築を続行すれば、さらに被害は拡大しかねない。

「篠山に兵がある限り、陣地構築はかなわぬな」

岡島《おかじま》はそう呟いた。篠山を放置したまま再度陣地を構築しようとしても、再度銃撃を受けるだけであろう。

「篠山の兵を追い払う事が先ですな」

そう岡島《おかじま》に言ってきたのは、奥村栄頼《おくむらながより》である。真田丸に正対していた彼は、自分の部隊で篠山の兵を追い払うと進言してきた。

追い払わなければならないのは岡島も分かっている。

問題はどれほどの兵力でそれを行うか、である。

（篠山から撃ちこまれた鉄砲は百程度か。そこから考えると、多くても三百。おそらく陣地構築の妨害のために出てきた部隊だ。こちらが本格的に兵を向ければ真田丸に戻ろう）

そう判断した岡島《おかじま》は奥村隊に篠山に攻撃を仕掛けるよう命じた。

「篠山から追い払えばそれでよい。深追いは無用じゃ」

頷いて、奥村栄頼《おくむらながより》が隊を率いて篠山へと向かった。

「来ました！　前田勢です！」

鉄砲隊を指揮していた男が叫ぶ。

篠山より前田勢を奇襲した真田軍だが、あくまで鉄砲による陣地構築作業の妨害に終始していた。

「予定通りだ。鉄砲隊は一度だけ発砲した後、撤収せよ」

真田幸昌《さなだゆきまさ》はそう言うと馬首をめぐらせて篠山の下へ降りて行った。

篠山に前田勢が登って来る。高所より鉄砲の一斉射撃を受けて僅かに隊列が乱れるが、登って来る速度は落ちない。鉄砲隊は即座に篠山を真田丸側へと逃走を開始した。

奥村隊はそれを追い、篠山から完全に真田兵を追い払おうとする。

すると奥村隊の眼前に、少数の兵が姿を現した。逃げる鉄砲隊を援護するように、鉄砲隊の後ろにつき、じりじりと退く。

（あれを倒しておけば、後は鉄砲隊のみか）

そう判断した奥村は攻撃を命じた。

だが、真田《さなだ》の殿部隊に奥村隊が襲い掛かろうとしたその時、突如として周囲から兵が起き上がった。

真田幸昌《さなだゆきまさ》の用意した伏兵である。

あらかじめ逃げる道は決められており、そこを追ってきた部隊を叩く。それが名将・真田幸村《さなだゆきむら》の考えた作戦であった。

篠山からの攻撃により陣地構築を邪魔すること、それを追い払おうと追ってきた部隊を伏兵によって叩く事が目的の二段構えの作戦であった。

伏せられていた兵は五百。奥村隊とほぼ同数だが、完全に囲んでいる。

「かかれ！」

幸昌《ゆきまさ》の命により伏兵は一斉に奥村隊に襲い掛かった。

この待ち伏せにかかった奥村隊は混乱し、効果的な手を打てなかった。

これに気付いた岡島一吉《おかじまかずよし》は慌てて自分の部隊を救援に回すが、一足遅かった。

奥村隊はさんざんに打ち負かされ、敗残兵となって篠山を転げ落ちて来る。その混乱の収拾と兵の収容をなんとかこなすと、岡島《おかじま》は篠山の頂上付近まで進出した。

そのころには幸昌《ゆきまさ》の部隊も篠山を降りており、真田丸へと引き揚げていくのが見えるだけであった。

伏兵による襲撃によって、奥村栄頼《おくむらながより》は左腕を刺し貫かれるという重傷を負っていた。

さらには岡島《おかじま》が見るところ、真田丸は前田勢が追撃してくれば、そのままなし崩しに攻城戦に突入させようと待ち構えているのは明白であった。

「やられたか……」

岡島は追撃を中止し、兵を戻した。

（これでまた、あの真田丸の士気が上がるな。真田幸村《さなだゆきむら》、なんともやりにくい相手だ。ただ出丸に篭っているだけではなく、機を見て兵を出してくる）

「……作戦を練り直す。まずは負傷した者を後方に下げよ」

指示を出しながら岡島《おかじま》は考えていた。

（利常《としつね》様の部隊も前に進めて頂くしかないか。全軍を持って鉄砲の届かぬ距離まで近づき、そこから陣地を造るしかあるまい。あの真田《さなだ》幸村《ゆきむら》が二度も同じ事をしてくるとは思わぬが、篠山への手当ても必要か）

こうして真田丸と前田勢の初戦は終わった。

被害を出したのが前田勢だけだったので、幸村の勝利と言えるのだが、膨大な兵力を持つ前田家にとっては、さほどの損害とは言えない。

しかし幸村《ゆきむら》の戦術目標は大坂方の優勢を維持する事である。その点で言えば、小さいとはいえ勝利を重ねる事には意味があった。

「しばらくは士気も高かろう。だが、前田は本格的に長期戦を覚悟したはずだ。勝負はこれからか……」

真田丸から戦場を見る幸村の眼には活力が漲っていた。

「これからだ。まだまだ、我らは勝ち続ける。この真田丸、安くはないと思い知れ」

・長宗我部《ちようそかべ》　対　伊達《だて》

片倉重長《かたくらしげなが》という武将が伊達家にいる。

父は伊達政宗《だてまさむね》の片腕と言われた片倉景綱《かたくらかげつな》。通称は小十郎《こじゆうろう》。片倉小十郎《かたくらこじゆうろう》、と言えば伊達の軍師として その才を振るった名将である。

その子である重長《しげなが》も通称を小十郎《こじゆうろう》と言う。片倉家《かたくら》では代々の当主が小十郎という通称を世襲している。

重長《しげなが》は美男子としても有名で、かつて上洛し幼き豊臣秀頼《とよとみひでより》に拝謁した際、男色家だった小早川秀秋《こばやかわひであき》が その美貌に目をつけ、追いかけまわしたとの話が後世に伝わるほどである。

その涼しげな容貌からは想像もつかぬ、豪胆にして知勇兼備《ちゆうけんび》の名将と評判が高い。

この大坂城攻めでは病床の父に代わり、片倉家の当主として参陣している。

伊達家《だて》はこの戦いに大軍を率いて参陣しているが、当初はさして動きを見せていなかった。

大坂城の南方に布陣したが、井伊直孝《いいなおたか》や松平忠直《まつだいらただなお》がしきりに攻撃をかける様を見物していただけである。

大将の伊達政宗《だてまさむね》は大御所である家康《いえやす》の考えを把握しており、外様大名が大功を立てるのを家康が喜ぶまい、と見て下寺町付近に布陣して以来、まともに戦闘をしていない。極論すれば、彼の仕事はこの大坂の戦いに大軍を率いて参加しただけで終わっており、積極的に動いて功を立てようなどという気は最初からなかった。

が、状況は変わった。井伊直孝《いいなおたか》や松平忠直《まつだいらただなお》が八丁目口を守る長宗我部盛親《ちようそかべもりちか》に何度も跳ね返され、多大な犠牲を出した。

結果、家康《いえやす》は譜代を下げて歴戦の将に戦を任せるように方針を転換した。

伊達《だて》家が前に出たのはそういう事情による。

そしてその先鋒を任されたのが片倉重長《かたくらしげなが》である。

八丁目口は真田丸に近い。

当然、両者は連携して防衛戦を戦っており、単純に八丁目口に攻め寄せれば真田丸からの援護により多大な出血を強いられる事は明白であった。が、

「さて、まずはひとつ、当たってみるか」

そう言って重長《しげなが》は自ら軍を率いて八丁目口に攻撃を仕掛けた。

今までは他家の戦いを眺めているだけだった。ゆえに、八丁目口を守る長宗我部盛親《ちようそかべもりちか》がどれほどのものか、実感が掴めない。

そう考えて、まずは威力偵察として単純に八丁目口を襲ったのだ。

片倉重長《かたくらしげなが》の配下には勇猛な者が多い。重長《しげなが》の号令一下、八丁目口へと殺到した。

守る長宗我部盛親《ちようそかべもりちか》は殺到する伊達《だて》の兵をさんざんに銃撃し、弓矢を送り、それでも取りつこうとする伊達の兵を叩いた。

重長《しげなが》は自ら最前線にまでやってきて、つぶさにその様子を見ていた。

(この八丁目口は城の南方にかかる橋としては大きいが、それでも正面から行けば詰まるだけだな。そ

れにしても、この土佐兵の強さよ)

銃撃だけでなく、自らの側を飛び過ぎていく矢の強さを眺めながら、重長《しげなが》は土佐兵の強さを再認識していた。

(天下に聞こえた強兵と言えば四国か九州、それに我ら奥州と言った所だ。なるほど、噂にたがわず)

重長《しげなが》は敵の強さを測りながら、最前線で指揮をしている。

絶妙な采配で八丁目口に緩急《かんきゆう》をつけた突撃を繰り返す事で、長宗我部盛親《ちようそかべもりちか》が門を開いて討って出る機会を躱《かわ》していた。

やがて、

(そろそろか)

と思い、引き揚げの命令を発した。これも絶妙の間であったため、盛親《もりちか》は追撃を諦めざるを得なかった。

「まずは一手、と言った所か」

派手に突撃を繰り返した様に見えて、その実、重長《しげなが》の部隊は大した被害を受けていない。重長としては、あくまで威力偵察であり、長宗我部盛親《ちようそかべもりちか》の強さを肌で感じるための戦闘であった。いわば見せかけの突撃と本気の退き際を見せただけに過ぎない。本陣へと戻りながら、重長《しげなが》は八丁目口を振り返った。

「……出てこぬな。長宗我部盛親《ちようそかべもりちか》、これはなかなかの……」

そう呟いて馬の速度を上げた。敵の強さは分かった。戦はこれからである。

そのことは守る盛親《もりちか》にも分かっていた。

「さすがに、奥州の伊達《だて》は一味も二味も違うな」

そう言って盛親《もりちか》は下がっていく重長《しげなが》の部隊を眺めていた。眼前の部隊がその背後の大軍に吸い込まれるように退いて行く。見事な進退に、盛親《もりちか》は追撃のために門を開く事が出来ない。やれば、伊達《だて》の大軍は一斉に八丁目口に殺到し味方が崩される事になりかねない。

「難しくなるな、これからは」

盛親《もりちか》はそう言った後、兵に交代で休みを取らせる事にした。

初戦は終わった。互いに相手の力量を測り、容易な相手ではない事を知った。

（今は兵を休ませよう。次に動きがあれば、最早休む暇はあるまい）

そう盛親《もりちか》が考えた通り、この二日後から伊達《だて》軍の攻撃は盛んになり、八丁目口の西の谷町口にまで攻撃を仕掛けてくるに至って、盛親《もりちか》と土佐兵は休む間もなく戦い続ける事になる。

・明石　対　立花

加藤明成《かとうあきなり》、池田利隆《いけだとしたか》、中川久盛《なかがわひさもり》、竹中重門《たけなかしげかど》、関一政《せきかずまさ》、別所吉治《べつしよよしはる》、有馬豊氏《ありまとようじ》、能勢頼次《のせよりつぐ》。全て立花宗茂《たちばなむねしげ》が配下に入れた将である。

大坂城の北、天神橋と天満橋を攻めるにあたり、家康《いえやす》が方面大将を立花宗茂《たちばなむねしげ》に替えた。彼はそれほど大軍を率いていない。この時の立花宗茂《たちばなむねしげ》の領地は三万石に過ぎないため、それに見合った兵力しか揃えていない。

そのため、周囲の大名を配下に置く事になった。それが先の八名である。

この八名には家康《いえやす》から直筆の命令書が届いており、その命に服したのだが、内心ではどう思っているか分からない。

「少なくとも、おもしろくはなかろうな」

宗茂《むねしげ》はそう傍らの者に語っている。

とは言え、大坂城の北側に陣を構えていた者達の中で最も戦歴が長く、全国にその名を轟かせた宗茂《むねしげ》に采配を任せるという決断をした家康には逆らえない。事実、立花宗茂《たちばなむねしげ》の名にはそれだけの力があった。

かつて豊臣秀吉《とよとみひでよし》が直臣に望んだというほどの名将であり、彼の義理の父、立花道雪《たちばなどうせつ》と共に大友家最強の名を欲しいままにした男である。

逆に言えば、彼ほどの勇名がある武将を持ってこなければ、大坂城の北を守る将、明石全登《あかしたけのり》とは戦えないと判断したという事になる。

「明石全登殿《あかしたけのり》、か。いつぞやの関ヶ原、私は行けなかったが、元は味方同士。されど今は敵味方。無常よな」

天下分け目の関ヶ原。そこでぶつかったのは、徳川家康《とくがわいえやす》率いる東軍と石田三成《いしだみつなり》率いる西軍である。

立花宗茂《たちばなむねしげ》は西軍に属しており、近江大津城を攻めていた。

その頃、明石全登《あかしたけのり》は宇喜多秀家《うきたひでいえ》の筆頭家老として、宇喜多《うきた》勢の先鋒を任され福島正則《ふくしままさのり》隊と大いに槍を合わせていた。

（結局、石田三成《いしだみつなり》が徳川家康《とくがわいえやす》に敗けた。だが戦場で起こった事を後から聞いて、寒気がしたわ。まさか小早川秀秋《こばやかわひであき》が裏切るとは……）

宗茂《むねしげ》はあの関ヶ原の後、西軍についた事が原因で改易され、浪人になった。それから数年後、徳川秀《とくがわひで》忠《ただ》の御傍衆となり一万石の大名に返り咲いた。今回の戦も「恩のある豊臣家に弓を引くような事は出来かねます」と家康にはっきりと言ってあった。

家康《いえやす》も今は徳川の人間であろう、などとは言わず、宗茂《むねしげ》は布陣するだけでよい、時折、秀忠のもとで軍師としての助言を与えてやってくれ、と最大限の配慮を行っていた。

家康も立花宗茂《たちばなむねしげ》が豊臣側に付くのを恐れていた。それゆえ、

「戦には加わらなくてよい。ただ大坂城を囲むだけでお主の忠義は十分に証明される」

そう言って彼を繋ぎとめた。だが、結局、家康《いえやす》は宗茂《むねしげ》を北方面の大将とした。これ以上、大坂方に勝利を積み重ねられる事はなんともまずい。そのため、本来であれば着陣後は、徳川秀忠《とくがわひでただ》の陣で秀忠《ひでただ》に助言をするだけの約束だった宗茂《むねしげ》を最前線に持ってきたのだ。

一方、大坂城の北を守っているのは明石全登《あかしたけのり》である。彼は宇喜多秀家《うきたひでいえ》の筆頭家老として関ヶ原で働き、小早川秀秋《こばやかわひであき》の裏切りが判明した時、主君を戦場から逃れさせている。

その後、彼は潜伏する。八丈島に流された主君、宇喜多秀家《うきたひでいえ》を解放するための機会を掴むために。

大坂での戦が起こった時、豊臣秀頼《とよとみひでより》からの招きに応じて入城し、伏見城を焼き払い、今は城の北を守っている。

（楽しそうな事だ、明石殿《あかし》）

宗茂《むねしげ》はそう思った。

かつては味方だった。そして今は敵味方と分かれている。自分が大恩がある豊臣家を攻めており、ともすれば憂鬱《ゆううつ》になりそうな心情の時、明石殿《あかし》は豊臣家のため、かつての主君のために、そしてここを死に場所と考えて思う存分采配を振るっている……。

（やりにくい相手だ。しかし、やるしかあるまい）

今の宗茂《むねしげ》には家がある。家臣や領民の事を考えると、やはり家康《いえやす》に従って明石全登《あかしたけのり》と戦うしかない。

（誾千代《ぎんちよ》が生きておれば、何を言われたか分からんな）

宗茂《むねしげ》の妻、誾千代《ぎんちよ》は既に他界していた。気が強く、我を通す妻の事を宗茂《むねしげ》は愛していた。

（誾千代《ぎんちよ》が生きていればなんと言うだろうか。豊臣に弓を引く気かと怒られる気もする。が、何をぼおっとしているのです、眼前に敵は迫っておりますと発破をかけてくれるやも。どちらもありうるな）

苦笑してしまう宗茂《むねしげ》であったが、その胸中はなんとなく寂しい物で埋め尽くされていた。

（妻もない。かつて義の為にと共に戦った者たちはほとんど逝ってしまった。その生き残りの、死にぞこないの二人がこうしてまた戦場で相まみえようとは）

「無常よな」

一言、呟いた宗茂《むねしげ》は馬に鞭を入れた。

（近いほうでいいか）

そう考え、自分の直属の兵のみを共に天満橋へと走らせた。

他の将には何の指示も出していない。

（今、頭ごなしに指示を出しても無駄だ）

宗茂《むねしげ》はそう思っている。表面上は従うかもしれないが、自分達の部隊に損害が及ばぬように、及び腰での戦闘しかしないだろう。

かといって軍議を開いて自分が北方面の大将になった事、自分の采配に全て従って欲しいと言った所で、これも無駄であろうと思っている。

軍議を開けば、今後どういう戦略を取るのか、誰がどこに部署されるのか、勝算は、など意見が飛び交うだけで何も纏まらない事は明白だ。

いきなり立花宗茂《たちばなむねしげ》が大将だ、と言われて、はいそうですか、と従う将などいない。

ゆえに、宗茂《むねしげ》はまず自分で仕掛けた。

（一戦、やることだ。それを見せる事だ。それだけでいい）

宗茂《むねしげ》の部隊はすぐに天満橋へと至り、そこを守る堀田盛高《ほったもりたか》の部隊と戦闘に入った。

息を揃えて放たれる銃弾に、弓矢。その後の橋の上での戦闘。

今までの攻撃とは迫力の違う威力に堀田盛高《ほったもりたか》は押し負けそうになった。

が、すぐに明石全登《あかしたけのり》が救援に駆けつけ、堀の上から援護しつつ、天満橋口へと兵を一気に収容させる。

それを見届けた宗茂《むねしげ》は深追いせずに陣を退いた。


(目的は果たした)

宗茂《むねしげ》はある程度満足していた。

家康《いえやす》から北方大将に宗茂《むねしげ》を置く、との命令が来ている。が、突然配下に組み込まれる事になった他の大名は面白くないだろう。本来、彼らと宗茂《むねしげ》は同格なのだ。

そこで宗茂《むねしげ》はあえて自分だけで戦闘を仕掛けた。

他の将を当てにしていないのではない。今の状態ではまともな指揮など執れない。

(今頃、他の将は青くなっているかな)

自分達だけが動かず、大将に任じられた宗茂《むねしげ》だけが攻撃を仕掛けた。

これが家康《いえやす》の眼にはどう映るか。

(加藤、池田らは自分の命令に従わなかったのか?)

そう思われれば、後でどんな難事が降りかかるか分からない。

(今回の事、まずは自分で相手を測ろうと思い出撃したとでも言っておくか。それで彼らも理解してくれよう。この戦は自分達に相談無しに行われた事。それを明確にしておけばいい。

そして今後は私の命に従わざるを得ない。大御所様の命に背く事になるからな。さて、これでなんとか戦えるようにはなるか)

言って聞かせるより、行動で分からせたほうが権威は確立しやすい。歴戦の将である宗茂《むねしげ》はそれを知っている。

故に、わざわざ単独で戦闘を仕掛けた。普通の将ならこれで気づく。

次の戦いに出なければ、大御所の命に背くことになる、と。

出るからには、宗茂《むねしげ》に従って貰わねばならない。従わぬ者は連れて行かない。そう明確に行動で示した。

(これで分からぬ奴は使えぬ。はなから当てには出来ぬ)

自陣へと戻った宗茂《むねしげ》を他の将が迎えた。口々に「大将自らの出馬などおやめ下され」と言ってくる。

こうして、立花宗茂《たちばなむねしげ》は他の大名達を掌握した。無論、彼の采配で負けが続くようだと簡単にその手を離れる程度のものでしかないが。

(どうにか、この者達をまとめて当たらねばな。何せ、相手は明石《あかし》殿だ)

・後藤　対　上杉

上杉景勝《うえすぎかげかつ》の下に、一人の軍師がいる。

前立てに愛という一文字をあしらった兜をつけ、その右手に采配を持つ男こそ、直江兼続《なおえかねつぐ》である。

幼き頃より景勝《かげかつ》に仕え、景勝《かげかつ》政権下での内政・外交両面を司ってきた。その才は秀吉にも愛され、豊臣姓を賜っている。

慶長三年、秀吉が死去すると同時に台頭してきた家康に敵対し、関ケ原の戦いの原因となる会津征伐を引き起こす。兼続《かねつぐ》は石田三成《いしだみつなり》と連絡を取り合い、大坂で挙兵した三成《みつなり》と会津で挙兵した上杉《うえすぎ》で家康を挟撃《きょうげき》する策を取るが、家康《いえやす》は大坂の三成《みつなり》を討つ事を決断。関ケ原で家康《いえやす》が勝利した事により、降伏。景勝《かげかつ》と共に上洛して家康《いえやす》に謝罪し、罪は許されたものの、上杉家は会津百二十万石から米沢三十万石へと大減封となった。

その後の上杉家は徳川家に忠誠を誓い、兼続《かねつぐ》は米沢の開拓に力を発揮し、さらには徳川との融和を図るために自身の娘の婿養子として徳川の重臣本多正信《ほんだまさのぶ》の次男を迎えている。

上杉家は平野川を挟んで大坂城の東側に布陣している。

本来は本多康俊《ほんだやすとし》や酒井家次《さかいいえつぐ》が主攻であったが、家康《いえやす》も彼らだけでは不安があったのか、予備として上杉景勝《うえすぎかげかつ》、佐竹義宣《さたけよしのぶ》などの予備を置いていた。

結局、家康《いえやす》が譜代を下げる決断をしたため、上杉家が主攻となった。

兼続《かねつぐ》は景勝《かげかつ》の命のもと、上杉家の将を集めた。

色部《いろべ》光長《みつなが》、岩井《いわい》信能《よしのぶ》、黒金泰忠《くろがねやすただ》、下条《げじょう》忠親《ただちか》、須田《すだ》長義《ながよし》、安田《やすだ》能元《よしもと》など、上杉の誇る名将達である。

「まず、安田《やすだ》殿を先鋒として須田《すだ》殿、下条《げじょう》殿、岩井《いわい》殿と続きます」

兼続《かねつぐ》がそう言うと、彼らは無言で頷いた。

上杉家には謙信《けんしん》以来の伝統の戦法がある。

「車懸かり」である。

本来はいくつもの突撃形態をとった部隊を用意し、一つの部隊が敵の一点にある方向から攻撃をかけ、直に攻撃した方向とは逆に離脱。離脱時には次の部隊が同じ場所を攻撃している……という手順を繰り返しつつ、車輪の旋回が敵を削り取って行くように攻めかかる戦術である。

高度な連携と攻撃と離脱のタイミングを完全に合わせなければ、机上の空論で終わってしまう戦術であり、全ての部隊が一定以上の練度と部隊としての強さを持ち合わせなければならない。

さらにはこの戦法を使うには旋回の中心から各部隊の状態を把握し、部隊同士の距離や突撃する瞬間を見極めて指示を飛ばす将が必要となる。

かつては旋回の中心には上杉謙信《うえすぎけんしん》がいた。彼は様々な陣形を編み出した戦争の天才だったが、彼が作り上げた陣形の中で景勝《かげかつ》に受け継がれたのはこの車懸かりだけである。

車懸かりは優れた戦術ではあったが、運用が難しい。敵に一撃を与えてすぐに離脱、というは易いが、実際は相手もそう簡単に逃がしてはくれない。一つの部隊が離脱するときは、間を置かずに次の部隊が攻撃していなければならないのだ。

この車懸かりしか謙信《けんしん》が編み出した新戦術の中で次代に受け継がれなかったのは、謙信《けんしん》が天才過ぎた、というただ一つの理由につきる。

天才が考案し、運用した戦術は他者には模倣できない。そもそも、謙信《けんしん》が編み出した戦術には、どう考えても謙信《けんしん》にしか見えぬ何かが見えているとしか思えないものも多い。

ゆえにこの時代の最高の軍師と呼ばれた直江兼続《なおえかねつぐ》ですら、車懸かりしか再現できないのである。

謙信《けんしん》に比べれば、兼続《かねつぐ》は常識の範囲内の天才である。神がかっているとしか表現できないような謙信《けんしん》とは違う。

だが、兼続《かねつぐ》も上杉の軍師としてその軍配を預けられている男。

彼が受け継いだ車懸かりは謙信《けんしん》のそれとは少し異なっていた。

本来、車懸かりは野戦で威力を発揮する陣形である。攻城戦には向かない。

兼続《かねつぐ》はこの車懸かりを、大坂城の森村口を攻勢点と定めて、仕掛けた。

無論、大軍を運用できる幅はない。相手が堀と城壁に守られている限り、部隊を横から叩きつけるわけにもいかない。

兼続《かねつぐ》は各将の攻撃の順番を決め、森村口に対して部隊の出し入れを行った。

まずは安田能元《やすだよしもと》。鉄砲と矢を十分に浴びせてから、森村口に侵入、城壁近くで戦闘を行ったが、すぐに法螺貝《ほらがい》の音が聞こえたため、即座に撤退していく。当然、撤退していく部隊には鉄砲が放たれるのだが、安田《やすだ》が撤退を始めた頃にはすでに須田長義《すだながよし》の部隊が前に出てきている。彼らは竹束を持った兵を前に出し、撤退を援護しながら城壁の上の豊臣兵とやりあい始めた。

須田《すだ》が退くと下条忠親《げじようただちか》が、下条《げじよう》が退くと岩井信能《いわいよしのぶ》が。

攻撃と撤退の瞬間、その見極めは馬上の人となった直江兼続《なおえかねつぐ》が行っている。次々と投入される上杉の兵。守る後藤又兵衛《ごとうまたべえ》は、一時的に大坂城の東を守っていた部隊を全て指揮下に入れ、矢継ぎ早に指示を飛ばした。

「鉄砲隊はとにかく射程に入った者を攻撃せよ！　矢を絶やすな、退く者は放っておけ！　矢も鉄砲も持たぬ者はそこらの屋敷から瓦を剥がしてもってこい！　投石の代わりに使え！」

又兵衛《またべえ》は城壁の上まで登り、直接指揮を執っていた。

「相手は毘沙門天《びしやもんてん》の軍勢じゃ！　相手にとって不足はないぞ！　弓を貸せ！」

又兵衛《またべえ》は自ら弓を取った。

引き絞ると、寄せ手の中、適当な者に狙いをつけて矢を放つ。

放たれた矢は狙い通り、一人の武者を貫いた。

「お見事！」

周囲から叫び声が上がる。士気を高く保つために、又兵衛《またべえ》も自らを危険にさらして戦っていた。

（これが上杉の兵か。天下に聞こえた上杉家。なるほど、強い。指揮を執るのは、あの愛の前立て、直江兼続《なおえかねつぐ》）

この波状攻撃、いつまでもは続かない。が、ほんの僅かでも対応が遅れたら、一気に門を破られると又兵衛《またべえ》は確信していた。

（そう簡単にはいかさぬ。俺も後藤又兵衛《ごとうまたべえ》、戦歴では差はないわ）

又兵衛《またべえ》も朝鮮の役などを戦い抜いた歴戦の強者である。大波のように寄せては返す上杉軍に的確に対応していた。

結局、この苛烈な攻撃は日没まで続き、上杉軍はひとまず兵を退いた。

が、守る大坂勢も被害を出し、何よりも兵はかなり疲れていた。

（これからが勝負だな）

又兵衛《またべえ》は見張り番以外の兵を全て休息させ、食事を取らせた。

（明日からも、上杉は来る）

対策を考えながら、又兵衛《またべえ》は微笑んでいた。

それは浪人時代にはなかった、本当の充実感が全身を包んでいたからであった。

・使者

「徳川軍は、部署替えを行ったという事か」

大坂城の天守閣、そこに立つ秀頼《ひでより》に一人の男が報告に訪れていた。

「はっ、南方の真田丸には前田家が襲い掛かっております。本格的な攻撃が始まる前に、攻城用の陣地構築中に真田様《さなだ》が奇襲、これを大いに破り、その後も間断なく真田丸から攻撃を加える事により前田家の陣地構築は進んでおりません」

秀頼《ひでより》に報告しているのは、木村重成《きむらしげなり》。秀頼《ひでより》の乳母を母に持つ若侍である。目端が利き、才覚も十分にあると見た秀頼が、後藤又兵衛《ごとうまたべえ》に副官としてつけた男である。

重成《しげなり》は今、又兵衛《またべえ》の指示で各戦線の状況を細かく調べ、総大将たる秀頼に報告していた。

今日は朝から各方面とも動きがなく、小休止のような状態にあるため、今のうちに又兵衛《またべえ》は各部署の被害状況などを整理し、必要があれば兵を移動させるなど、手配りを行うつもりでいる。その間に重成《しげなり》を秀頼《ひでより》に報告へと赴かせたのである。

「その真田丸の横、八丁目口ですが、伊達《だて》家が攻め寄せて来ております。特に前田と連携している様子はありませぬが、その攻撃苛烈にして、幾度かは八丁目口を開かれるところまでいっております。長宗我部《ちょうそかべ》殿が配下の者と共に槍を取り奮戦。なんとか追い返した次第」

（真田丸は膠着《こうちゃく》状態。八丁目口は激戦、少しこちらの分が悪いか……）

重成《しげなり》の報告は続く。

「明石殿《あかし》が守る北ですが、敵の大将が立花宗茂《たちばなむねしげ》に代わったようです。明石殿《あかし》いわく、立花宗茂《たちばなむねしげ》が率いているのは少数ゆえ、たとえ相手があの立花《たちばな》でも抜かせはせぬ、と」

「そうか。で、実際に見てどうだった」

「はっ、どうやら立花家は周辺に布陣していた小勢を纏めて指揮している様子。合わせれば明石殿《あかし》へかかる圧力はかなりのものになっております。しかし」

そこで一度、重成《しげなり》は言葉を切った。

「明石殿《あかし》の指揮、真に見事としか言うほか無く、幾度の攻勢も全て撃退しております」

やや興奮気味になっている重成《しげなり》。この大坂城という巨城で行われている巨大な戦争を見て血が騒いでいるようだ。

「又兵衛《またべえ》様の守る東側ですが、上杉家が幾度となく波状攻撃を仕掛けてきております。又兵衛《またべえ》様は自ら弓を取り、城壁の上に立って防いでおります。おそらく、ここが一番の激戦かと」

（……まあ、重成《しげなり》は今まで又兵衛《またべえ》の配下で戦ってきた。そこが最も激戦、というのはそこを差し引いて考える必要がある）

「つまり、真田《さなだ》には前田、長宗我部《ちょうそかべ》には伊達《だて》、明石《あかし》には立花、後藤には上杉が来ている、という事だな」

「間違いございませぬ」

（……記憶と違うな。記憶では上杉や伊達はそれほど動いていなかったと思ったが……前田が真田《さなだ》に来ているのは自分の記憶でもそうだが、あれほど本格的に動いていただろうか？　大御所は部署替えを行ったと又兵衛《またべえ》が言っている。つまり、引き連れて来た諸将の中で歴戦の者を前に出してきた、という事なのだろうが……)

秀頼《ひでより》は考える。ふと気がついた事を重成《しげなり》に問うてみた。

「重成《しげなり》、西はどうなっておる?」

「はっ、敵方にいくらかの部署替えがあった様子ですが、鍋島《なべしま》、池田、蜂須賀《はちすか》、山内ともに大きな動きはありません」

「むぅ……」

唸ってまた考え込む秀頼《ひでより》。

秀頼には何かがひっかかっていた。

(西は動きがない……ここまで苛烈に攻めて来る様子を見せるなら、西でも何か動きがあってもいいはずだが……池田、蜂須賀《はちすか》、山内は豊臣と縁が深いため、裏切りを疑われているか? いや、甘い観測は捨てるべきだ。鍋島《なべしま》もいるというからには、兵力も将もいるはず……)

「西を守っているのは七手組だったな」

「さようです。方面大将は明石《あかし》殿が兼任しておりますが」

(西は木津川がそもそも天然の要害となっている。城壁も高く堀は深い……攻めにくい場所である事は確かだが、何もしてこないというのはどういう事だ?)

城の南、東、北と苛烈な攻撃が加えられている状況で、西側だけが動きがない。これをどう考えればいいのか。

(又兵衛《またべえ》に意見を聞くか)

そう秀頼《ひでより》が決めた時、使い番が慌てた様子で秀頼のもとへ駆け込んできた。

「何事か」

「申し上げます！　徳川方からのご使者です！　常高院《じょうこういん》様がいらっしゃっております！」

「……なんだと？」

徳川方からの正式な使者、それも常高院《じょうこういん》が来た。

「謁見する。謁見の間へと通せ。重成《しげなり》、同席せよ」

「はっ！」

(常高院《じょうこういん》様……叔母上がいらっしゃるとは……)

秀頼《ひでより》は重成《しげなり》を伴って天守閣から降りて行った。

この激戦の最中、何の用だと思いながら。


秀頼は使者の謁見のため、下に降りながら、使い番に話を聞いていた。

「使者は間違いなく常高院《じょうこういん》様なのだな。この戦いの最中、どこから来たのだ」

「はい、大谷吉治《おおたによしはる》様の守る谷町口に徳川本隊からの使者だという武者が現れ、常高院《じょうこういん》様をお連れしていると」

「……なるほど、な。常高院《じようこういん》様が来ておられるなら、通さないわけにはいかぬか」

常高院《じようこういん》。かつての名を京極於初《きようごくおはつ》。秀頼《ひでより》の母、淀君《よどぎみ》の妹である。

京極高次《きようごくたかつぐ》に嫁いでいたが、夫亡き後は出家し常高院《じようこういん》を名乗っている。

常高院《じようこういん》の妹は徳川秀忠《とくがわひでただ》の妻、於江《おごう》であり、於江《おごう》は千姫《せんひめ》の母である。

姉は豊臣秀吉《とよとみひでよし》の側室、妹は徳川秀忠《とくがわひでただ》の妻、と両家に関わりの深い人物であり、彼女が使者として来ることに不思議はない。

（問題は何の使者か、だ）

そう考えてから、秀頼《ひでより》は近侍の者に命じた。

「これより使者を謁見する。千をこれへ」

秀頼は千姫を同席させる事にした。

（牽制《けんせい》にはなるかも知れん）

そう判断しての事である。

千姫が呼ばれ、秀頼と共に謁見の間に入って行く。

そこには尼姿の常高院《じようこういん》が二人の武士を連れて待っていた。

使者として常高院に同行した徳川家の旗本である。

上座に秀頼が着席し、左側に千姫がゆっくりと座る。

それを見て、常高院《じょうこういん》が頭を下げた。

「大御所様の使者として参りました。秀頼様、お久しゅうございます」

「お久しぶりです、叔母上。さて、使者として参られたとの事ですが、何の使者でございましょうや」

秀頼《ひでより》が尋ねると、常高院《じょうこういん》が後ろの武士を振り返って目で合図を送った。すぐに右後ろの武士が書状を取り出し、秀頼の一段下に控える木村重成《きむらしげなり》が受け取り秀頼へと渡す。

「これは？」

受け取った秀頼は、まだ書状を開かずに常高院《じょうこういん》に尋ねた。

「大御所様よりの書状にございます。どうぞ、ご披見ください」

手に取った書状を、しばし見つめていた秀頼だが、ゆっくりとそれを開いた。

（……確かに大御所からのようだ）

しっかりと徳川家康《とくがわいえやす》の署名がある。中の文章をゆっくりと読んでいく。

時間を掛けて秀頼が書状を読んでいる間、奇妙に張りつめた空気が謁見の間を支配していた。

やがて読み終えた秀頼は、書状を千姫へ渡す。

千姫が書状に眼を落としたのを見ると、秀頼《ひでより》は常高院《じょうこういん》をまっすぐ見つめて、口を開いた。

「叔母上は、書状の内容をご存じか？」

見つめられた常高院《じょうこういん》も、視線を外さずに、はっきりと答えた。

「和議の事と、伺っております」

その言葉に、謁見の間にいる人間の間に緊張が走る。その殺気立った雰囲気の中、秀頼がゆっくりと口を開いた。

「この書状には、和議の条件が書かれている。一つ、徳川は兵を退く代わりに大坂方は浪人を解雇する。一つ、豊臣秀頼《とよとみひでより》は大坂から国替えを行う。一つ、秀頼の領地は関東に用意する……他にも色々書いてあったが、まあ、それは今は割愛しよう」

千姫も読み終えたのか、秀頼の顔を窺っている。千姫から書状を渡して貰い、その書状を手元で広げて、秀頼は常高院《じょうこういん》に言った。

「常高院様」

「何でございましょう」

ゆっくりと秀頼は書状を折りたたんでいく。

「和議とは普通、敗けているほうから申し込んでくるもの。無論、例外もありますが。さて、この書状にある条件ですが、まるで徳川殿がこの秀頼に恩赦を与えるが如く書かれております」

「……」

常高院《じょうこういん》は答えない。ただ困ったような笑みを浮かべている。

「……まあ、良いでしょう。どちらにせよ、今すぐに返答はできません。しばしお待ち頂けますか」

そう言って、秀頼《ひでより》は立ち上がった。常高院《じょうこういん》は変わらぬ笑みを浮かべたまま、頷いた。

「なに、諸将と合議を開き、返答を決めるだけです。明日の夕刻には、返事をお渡しできましょう」

「わかりました。では、明日の夕刻に……」

「ええ、部屋を用意させましょう。母上と積もる話もありましょうから」

木村重成《きむらしげなり》に目配せして、秀頼《ひでより》と千姫《せんひめ》は下がった。

奥の間へと続く道で、秀頼は千姫に話しかける。

「千、すまぬが叔母上の世話を頼む。母上との会談においても同席してくれ」

「わかりました」

答えた千姫は秀頼と別れ、侍女を連れて大坂城の奥へと進んで行く。饗応《きようおう》の用意や常高院《じようこういん》の部屋の用意、淀君との会談の席など、侍女に命じて用意させる事は多い。

さすがに常高院《じようこういん》と淀君《よどぎみ》の私的な会談に秀頼《ひでより》が同席する事は憚《はばか》られる。何より、秀頼はこれから諸将と今回の和議の内容について検討し、意見の統一を行う必要がある。そのための時間がどれだけかかるかわからない。

(母上との会談は千に任せよう)

ひょっとしたら常高院《じようこういん》は淀君《よどぎみ》を説得する事によって秀頼《ひでより》に和議を飲ませようとしている可能性はあったが、秀頼は千姫を同席させる事でその内容を後から知る事で良しとした。

常高院《じようこういん》の説得によって淀君が、あるいは千姫までも和議に賛成したとしても、結局のところ最終的な判断を下すのは秀頼《ひでより》である。元より、秀頼には淀君の意見を入れる気はなかった。

(ともかく、皆を集めねば)

秀頼の命により、主だった将へと伝令が走り、全員が天守閣に登城したのはそれから半刻ほど後の事であった。

「これが大御所からの書状だ。重成《しげなり》、読み上げてくれ」

秀頼《ひでより》が側に控えている木村重成《きむらしげなり》に書状を渡す。

秀頼の前には主だった将全てが並んでいる。後藤又兵衛《ごとうまたべえ》、真田幸村《さなだゆきむら》、明石全登《あかしたけのり》、長宗我部盛親《ちょうそかべもりちか》、毛利《もうり》勝永《かつなが》、大谷吉治《おおたによしはる》、渡辺糺《わたなべただす》、増田盛次《ましたもりつぐ》、青木一重《あおきかずしげ》、伊東長昌《いとうながまさ》、杉善右衛門《すぎぜんえもん》、中島氏種《なかじまうじたね》、野々村吉安《ののむらよしやす》、速《はや》水守久《みもりひさ》、堀田盛重《ほったまさたか》、真野助宗《まのすけむね》……。

常高院《じょうこういん》が使者として訪れている今、戦闘は行われていない。一時休戦のような状態になっており、各将とも警戒は怠っていないが、兵を休ませていた。

それらの諸将を見渡して、重成《しげなり》がゆっくりと書状を読みあげた。

徳川は兵を退く代わりに大坂は浪人衆を解雇する事、秀頼《ひでより》は大坂より退去する事、秀頼の新たな領地は関東に用意する事、秀頼以下、豊臣譜代の者並びに浪人衆は全て助命し処罰しない事、秀頼が立ち退いた後の大坂城は本丸を除いて全て破壊する事、重臣の中から一人を徳川家に仕えさせ今後の連絡役とする事。

重成《しげなり》が書状を読みあげている間、誰も一言も発しなかった。

読み終えた後、重成《しげなり》が秀頼《ひでより》に代わり、一同に発言を促した。

「皆様、忌憚《きたん》のない意見をお聞かせ願えればと存じます。返答は明日の夕刻、秀頼様が直筆の書状によってなされます」

重成《しげなり》がそう言った後、秀頼《ひでより》が後を継いで又兵衛《またべえ》に話しかけた。

「又兵衛《またべえ》、そちに聞く。私は大きな戦はこれが初めてであり、間違う事もあろうから、正直に答えてほしい」

「何でございましょう。この又兵衛《またべえ》に分かる事でございましたら、何なりと問うて下さい」

「我々は今、敗けておるのか？　私はここ最近、激戦とはなっておるが決して敗けてはおらぬと思っておるが」

その言葉を聞いて又兵衛《またべえ》は居住まいを正して答えた。

「敗けてはおりませぬ。むしろ、徳川の兵は一兵とも城壁を越えておりませぬ。相手が囲みにより兵糧攻めを行っているならともかく、兵力によって城を落とそうとしている限り、我々は持ちこたえております。そして徳川方は大軍ゆえに兵糧攻めは負担にしかなりませぬゆえ、今後も取りうる戦術にはなり得ぬでしょう」

それを聞いて、秀頼《ひでより》は少し考えて答えた。

「つまり、別に敗けてはおらぬわけだ。この戦いが始まる前に、我らは基本戦略を決めた。それはこの大坂城によって戦い、時勢の変わりを待つというものだった。この前提は崩れておらぬというわけだな」

「御意」

又兵衛《またべえ》の同意を得た秀頼は少し安心した。何せ彼は戦の経験がない。自分の状況分析が正しいかどうか、それを判断できる材料がなかったのだ。

「大御所が部署替えを行い、譜代の家臣を下げて歴戦の外様に指揮権を渡した事、これは間違いないでしょう。それ以来、各所で激戦となっておりますが、未だ士気は高く和議に応じる必要はないと思われます」

はっきりと断言したのは明石全登《あかしたけのり》である。それに真田幸村《さなだゆきむら》も続いた。

「真田丸から見ますと、敵は長期戦をも覚悟している様子。しかしそれは、先ほど又兵衛《またべえ》殿が申された通り、兵糧攻めのような策ではなく、あくまで城攻めを続けるという姿勢のようです。ただ、今この時期に和議を提案してきた事、何か思惑がありましょう」

「探り、でしょうかな。こちらの戦意、兵の疲労、継戦の意志などを探っているのでしょう。使者は常高院《じょうこういん》様であるとか、ならば秀頼様の御母堂を説得して和議へと動かす事も考えておるやもしれません」

長宗我部盛親《ちょうそかべもりちか》が考えながら答えると、秀頼《ひでより》もそれに賛成した。

「私もそう思う。まさかあの条件でこちらが和議を飲むとは思っておるまい。あえて挑発的な和議を提案する事によってこちらの反応を見ていると思う」

この言葉に皆が頷く。

「されば秀頼様、このような和議、あえて書状を書く事もありませぬ。使者を追い返しましょう」

意気込んで秀頼に詰め寄る渡辺糺《わたなべただす》。彼は淀君《よどぎみ》の側近である正栄尼《しょうえいに》を母に持つ男で、譜代の中では最も過激な主戦派である。彼にしてみれば、この無礼な和議勧告など相手にするまでもなく、言葉一つで追い返すべきだとの思いが強い。

「常高院《じようこういん》様は無事にお帰しするとして、供としてきた徳川の武士を斬ってしまうべきです」

渡辺糺《わたなべただす》はそこまで言った。これにはさすがに秀頼《ひでより》が、

「和議の使者を斬って帰せば、我らが焦っておると取られるやもしれん。ふむ、しかし書状で返答すべきかな？」

秀頼は譜代の顔を立てるためにも、書状を書く事をやめて言葉一つで追い返す意見には賛成しようとした。すると一人の男が進み出た。

「よろしいでしょうか」

毛利勝永《もうりかつなが》である。

「勝永《かつなが》か。かまわん、存念を述べよ」

「はっ。和議を断るのは当然として、返答は書状によって行うのがよろしいかと存じます。返答の内容を使者である常高院《じようこういん》様や供の者に知られることなく、直接大御所に届ける事による、心理的な効果が望めます。何より、常高院様を使者に立てても無駄である事を悟らせるべきです。内容は苛烈なほど良いかと存じます」

「ふむ」

秀頼《ひでより》は顎に手を当てて考えた。確かに書状のほうが直接家康に届く。勝永《かつなが》の案は妥当に思えた。

「最後に確認する。皆、和議に反対で相違ないな？」

秀頼の言葉に、次々に「異議なし！」の声が上がる。

「よかろう、勝永《かつなが》の言を良しとする。この和議への返答は書状を書く。糺《ただす》、お主が起草せよ」

秀頼は最も過激な意見を出した渡辺糺《わたなべただす》に返答の文面を考えさせる事にした。彼が起草すれば、その内容はよほど過激な返答になるだろう。

「はっ、では早速に」

「うむ、使者は明日の夕刻に徳川方に戻す。各々、それまでに自分の持ち場をしっかりと固めよ。まだ戦は続く。我らはまだ敗けておらん、むしろ今は勝っておる。いずれ反撃の時は来る」

そう断言した秀頼に、諸将は一斉に頭を下げた。


少し聞きたい事がある。そう言って秀頼《ひでより》は後藤又兵衛《ごとうまたべえ》を残した。側には変わらず木村重成《きむらしげなり》がいる。

「又兵衛《またべえ》、この大坂城の西、動いておらぬようだがどう考える」

問われた又兵衛は、即座に答えた。

「西に布陣している将の中で大身なのは鍋島《なべしま》、あるいは池田か蜂須賀《はちすか》というところですが、動きはありませぬ。あるいは他の三方面を陽動として西から攻め寄せるかとも思い、明石《あかし》殿には西に張り付けている兵力は動かさずに戦って貰っています」

「……動きはないのか」

「ありません。明石《あかし》殿は眼前の敵に気を取られて西を疎かにするお方ではありませぬ。それに、真田《さなだ》殿の配下の草の者達が木津川まで行き、敵陣を偵察しております。その報告では、少なくとも鍋島《なべしま》、池田、蜂須賀《はちすか》は動く気配がないとの事。山内は戦闘の構えを崩していませぬが、これは山内家の家風でしょうな。あの家は信長《のぶなが》様が美濃を攻略していた頃からの古豪。それに関ヶ原で戦った山内一豊《やまうちかずとよ》は既に亡く、後を継いだのは甥です。率いている兵が土佐の足軽である以上、長宗我部《ちょうそかべ》殿に寝返る可能性が頭にあり、動くに動けぬかと」

又兵衛《またべえ》の分析は正しいように秀頼には思えた。

そうなると、今後の対応は今のままでいいのか、それが秀頼《ひでより》には気になった。

「又兵衛《またべえ》、とりあえず西は動かぬ、と見ていいな。ならば、我らの戦況はどうだ。重成《しげなり》は南が激戦となっていると言っておったが。それにお主の対峙している上杉もかなり攻め寄せて来ているようだが」

「まず、我が手の者は存分に働いております。何より、この大坂城の堀と城壁はそう簡単に突破できるものではありませぬ。古来より、こういった城が落ちる時は中から落ちるもの。内部からの手引きや調略《ちょうりゃく》により寝返った者が主だった武将を害して敵を引き入れるなどです。

今、この城は秀頼様を中心にまとまっており、敵からの調略も私や真田《さなだ》殿といった目立って働いておる者に集中しておりますが、これは簡単に断っておりますゆえ、今回の和議の申し込みによる城内の空気を探る動きに出たのでしょう。誰かひとりでも和議に賛成すれば、城はそこから崩れます。その兆候を掴むために放った、家康《いえやす》の打った手にございます。されど今回の事で、成果なしとなれば同じような攻撃が続く事になりましょう」

「今のまま、防衛に徹しておれば敗ける事はないか」

秀頼《ひでより》が又兵衛《またべえ》に尋ねると、又兵衛は少し顔を下げ、言いづらそうに言った。

「……古来より、援軍の当ての無い篭城は無意味と申します。恐れながら、我らがこれだけ奮戦しても城を囲む者から離反者は出ておりません。それに……」

「それに、なんだ」

又兵衛《またべえ》は意を決したように立ち上がり、秀頼《ひでより》に伝えた。

「兵糧は持ちます。この戦が始まる前より蓄えた分、さらにはこの畿内から買い占めた米によりむしろ兵糧に困っているのは徳川方です。ですが……鉄砲が、いや、正確に言えば火薬が心もとなくなり始めております」

「火薬か！　そうか、火薬がな……」

火薬が無ければ鉄砲は無用の長物となる。そして鉄砲が使えなくなれば、城の防御力は半減するだろう。

「弾を小さくし、少ない火薬で飛ぶようにして火薬の節約を図る必要があるかと存じます。今はまだ、通常通りに鉄砲を使っておりますが、このままでは遠くない日に火薬の底が付きます」

秀頼は額に手を当てた。

（兵糧ではなく、火薬が先に尽きるか……記憶では、そうだ、記憶ではあの和議が、総堀が埋められた

和議が結ばれる前あたりから、小鉄砲に切り替えたと聞いた覚えがある）

「また、か……」

「は？」

「いや、なんでもない……又兵衛《またべえ》、鉄砲の件だが、今はまだ、通常通りに使っておるのだな」

「はい、しかしこれからは……」

そこまで言いかけた又兵衛を秀頼は遮った。

「放たれる弾が小さくなれば、敵は必ずそれに気がつく。例えばお主が相手にしておるのは上杉だ。奴らがそれに気づかぬと思うか？」

これには又兵衛《またべえ》も反論できなかった。あの直江兼続《なおえかねつぐ》が指揮を執る上杉軍の兵なら、飛んでくる銃の弾が小さくなったことなど、すぐにわかるだろう。そして、そこから火薬が欠乏しかけている事も容易に想像できるはずだ。

「……では、どうされます」

「まだ動いてはならん……早急に一日の弾薬がどれくらい使われているか、調べる必要があるな」

「では私のほうで調べておきましょう」

又兵衛《またべえ》はそう言って弾薬を調べようとしたが、秀頼《ひでより》に止められた。

「いや、明日の夕刻に使者を返せば、明後日からはまた苛烈な攻撃が始まる。お主はそれに備えてくれ。調べる人はこちらで出す……又兵衛《またべえ》、場合によっては……」

秀頼《ひでより》はその先を言わず、じっと後藤又兵衛《ごとうまたべえ》を見つめた。

その決意の表情を見て、又兵衛は口元を緩めた。

「心得ております。ずるずると付き合う事はないと、それがしも思います」


又兵衛《またべえ》が天守より下がった後、秀頼《ひでより》はその場に座り込んだ。

(……結局、同じなのか)

火薬が足りなくなってきているという事。それが秀頼に与えた衝撃は大きかった。

(兵糧にばかり気を取られていたか。それで火薬を見落とすとは……いや、事前に武具や火薬、鉄砲も揃えていた。ただ、自分が甘かったのだ。兵糧は畿内から買い占める事が出来た。それでうまくいった事によってどこかに油断があったのだ。記憶にあるより間違いなく多くの兵糧を揃える事が出来た。三年は戦えると思っていた。しかし、結果はこれか)

そう考えて、秀頼は必死に頭を振る。

(違う！　記憶とは違っている！　和睦の使者は蹴った。それだけでも違うではないか！　火薬の事は仕方がない、今から手配などできん。かと言ってこれ以上戦を長引かせても我らに勝ち目は薄い。いや、日に日に勝ち目が無くなっていくだけだ……くそっ！)

秀頼《ひでより》はしゃがみこんだまま、動けない。

（……まだ、まだ敗けてない）

秀頼の眼に光が灯る。

（そうだ、まだ敗けたわけではない。篭城戦では勝てないとはっきりしただけだ。和睦の使者への返信は強気に過ぎるほどの文章を送りつけた。それを見た徳川方はどうするか、そこを考えろ。読み間違えれば本当に打つ手がなくなる……）

秀頼は大きく息を吐き出した。そしてゆっくりと眼を閉じて考え出す。

（あの書状を見た徳川家康《とくがわいえやす》は何を考える？　こちらに和睦の意志がない事は分かるはずだ。絶対に飲めないような条件を付けたのだから。徳川家康《とくがわいえやす》が取るべき方策はこの場合、何がある？　いや、まずはあの書状を読んでこちらをどう判断するかが先決だ）

秀頼は一つ下の階にいる近侍に命じて茶を持ってこさせた。自分の部屋に戻るのではなく、ここで思案をしようと考えたためだ。

茶を持ってきた近侍をまた退かせて、考えに沈んだ。

（まず、あの書状を見て家康が我らは追い詰められていると考えた場合。追い詰められているからこそ、相手の神経を逆なでする事によって敵をより引き付けて討つ、こう考える事はあるか？　もしそう判断したのなら、徳川方は今まで以上に苛烈な攻撃により消耗を誘うだろう。しかしこちらが今まで通り跳ね返していれば、やはり膠着《こうちゃく》状態になるか。そうなると、今度はこちらの火薬が先に尽きる……いや、そもそもあの家康《いえやす》殿がそんな甘い判断で兵を動かすだろうか。むしろあの書状を見ればこちらは未だ戦意高く兵糧も武具もまだまだ備蓄があると考える。この大坂城は巨城。この城の天井まで積み上げた物資があると判断していれば、今の徳川方の戦いは間違っていない）

秀頼は茶を一気に飲み干すと、茶碗を置いてまた眼を閉じた。

（上杉、前田、立花、伊達《だて》。奴らが主功になってから、こちらにも被害が出ている。奴らが出て来る前はほぼこちらが圧倒していたというのだから、徳川の譜代では後藤《ごとう》、明石《あかし》、長宗我部《ちょうそかべ》、真田《さなだ》の四氏には勝てないということだ。つまり……このまま戦い続ければ敗ける。将の器がいかに大きくとも、鉄砲なしでは戦いにならん）

ふと、天守閣から秀頼は外を見るために立ち上がった。

（家康《いえやす》殿がどこに本陣を置いているか、それは分かっている）

真田の草の者が敵の配置をつぶさに偵察し、その情報は皆で共有している。

家康は茶臼山に本陣を構えている事も分かっていた。

（このままでは座して死を待つのみ。ならば……当初の予定よりは早いが……やるか？）

そのまましばらく天守から外を眺めていた秀頼は、踵を返して降りて行った。

又兵衛《またべえ》達に相談しなければならない。そう決意して。


茶臼山にある家康《いえやす》の本陣に、常高院《じょうこういん》が戻ってきたのは完全に日が落ちてからだった。

彼女に使者として大坂城に赴いてもらったことを労い、書状を受け取ると配下の者に若狭まで護送するように命じた。

家康は書状を開く。読み進めていくうちに、その表情は険しくなっていく。

「……あるいは、と思ったが。ここまで強気とはな」

書状は秀頼《ひでより》の直筆である。内容を起草したのは渡辺糺《わたなべただす》だが、その内容は過激の一言につきた。

「そもそも戦を仕掛けてきたのはそちらである。にもかかわらず、国替えを要求するとは何事であるか」

筋が違う、と言っている。一方的に仕掛けてきたのは徳川であり、豊臣はそれを受けて立った立場である。国替えをすれば許してやる、との言い分は通らない、と。

「浪人たちを解雇せよと言うが、此度の戦において雇った者達は全て豊臣家にとって譜代に等しく、そこに差異はなく、そもそも彼らを解雇せよとの指図を受ける覚えはない。どうしてもそれを解雇せよというならば、徳川家の旗本も全て解雇すべきである」

「真に和議を望むのであれば、その証を徳川は見せるべきである。それには以下の事を確約すべし。

一つ、将軍はその嫡男《ちゃくなん》を人質として差し出すべし。

一つ、天下に騒乱をまねいたこと、朝廷に謝罪すべし。

一つ、今回の戦に参加した者のなかで、大名以上の者は全て人質を差し出す事を徳川家の名で約束すべし。

一つ、戦の勝敗は決するべきである。そのため、大御所である徳川家康《とくがわいえやす》は腹を召し、その首を差し出すべし。

以上の事を条件として、和議の提案を受け入れる、とあるが、そもそもの条件が徳川方には受け入れられる事がありえない内容である。つまり、元々和議を纏める気が無いということである。

（強気の姿勢を崩していない。一顧だにしないとはこの事だな）

家康《いえやす》の周囲には譜代の家臣達がいるが、誰も発言しない。家康が書状を確認して何か言うまでじっと待っていた。そんな周囲に気づいた様子もなく、家康は思案に沈んでいる。

（ここまで強気だと、逆に追い詰められているとも読めるが、真に追い詰められている者は、大将の首など要求しないものだ。ここしばらく、かなりの攻防があった。相応の被害があったはずだが、まだ十分な余力があるということか？　兵だけではない、兵糧、弾薬、まだ十分な備えがあるのか。我らが囲む前から周到に用意していたか。それにしてもどこからも補給もなく……いや、あの巨城にたっぷりと蓄えてあると考えれば、ありうる話か）

そこまで考えて、思い出したように家康《いえやす》は傍らの本多正信《ほんだまさのぶ》に書状を渡した。読め、ということである。

「これは……」

さすがに本多正信《ほんだまさのぶ》も絶句する。

その後、正信《まさのぶ》の息子である本多正純《ほんだまさずみ》も書状を確認して顔を顰《しか》めた。

「はなはだ無礼な書状ですな」

彼らが語ったのはそれだけである。それ以外の者も特に反応を示さなかった。

ここにいるのは家康《いえやす》の参謀とも呼べる人物のみである。

本多正信《ほんだまさのぶ》、本多正純《ほんだまさずみ》などが代表格であり、今ここにはいないが、南光坊天海《なんこうぼうてんかい》なども家康《いえやす》の謀略面を助けている。

家康は武断派の武将達ではなく、彼らのような行政業務に長け、権謀術数を得意とする者を重用している。

関ヶ原の戦以来、大きな戦のなかったこの時代、武功を上げた者は領地を与えてその長年の功に報いて、代わりに政治から遠ざけた。このあたり、豊臣政権のそれに似ている。

福島正則《ふくしままさのり》、加藤清正《かとうきよまさ》などが遠ざけられ、石田三成《いしだみつなり》らが政権の中枢に座った構図と同じである。日本統一までに必要な才能と統治を長く保つための才能は違うという事だろう。武辺一辺倒の者は厚遇はするが政権運営は担わせない。豊臣だろうが徳川だろうが、統一後に官僚組織を整備していかねばならぬのは一緒であった。

「和議のつもりはないようですな」

本多正純《ほんだまさずみ》がそう言うと、他の者も頷いた。

「……上杉《うえすぎ》、伊達《だて》、前田《まえだ》、立花《たちばな》に明日から再度、攻撃をかけるように伝令を送れ。さらに激しく攻めるのだ。あの城の中で大きな力を持っているのは後藤《ごとう》、長宗我部《ちょうそかべ》、真田《さなだ》、明石《あかし》の四名だ。どれか一つでいい、抜ければ勝てる」

確かに大坂城に籠る約十万の兵を纏めており、士気も高く保って戦っているのはその四名である。この四名のうち、誰かが欠ければ一気に守るのが難しくなるだろう。巨城というのはそれだけ守るのも大変なのだ。

家康は四名のうち、誰が抜けそうかを考えていた。

（真田《さなだ》の出丸は堅牢、その出丸と連携している長宗我部《ちょうそかべ》も難しいか？　明石《あかし》が守る方面は立花《たちばな》が攻めているが一時的に宗茂《むねしげ》の配下に小勢を入れただけでは、なかなか無理がある。と、なると上杉が後藤を抜くのが現実的か）

家康《いえやす》はそう考えて、上杉勢により奮戦してもらうために、自ら筆を執って「後藤又兵衛《ごとうまたべえ》が守る東の守りを抜ければ、上杉家には十万石を加増しよう」と書き送った。

家康の、いや包囲軍の全ての眼は今、大きな働きをしている四名に注がれていた。それ以外の将にはほとんど関心がなかった。

つまり、家康は引っかかった。秀頼《ひでより》達が立てた策に。

そのことに、家康はまだ気がついていない。

・星を見る人

和議の使者として常高院《じょうこういん》が大坂城を訪れてから二日後、秀頼《ひでより》は後藤又兵衛《ごとうまたべえ》が調査した弾薬の貯蓄状況を見ていた。

(やはり最も火薬を使っているのは、真田丸か。前田家は本格的に攻城陣地を造ってじりじりと真田丸に迫っている。当然、真田丸からの射撃も間断なく打ち続ける必要がある。今のまま攻防が続いたとして、弾薬を減らさずに戦えるのは、一月……は、持たないか)

真田丸の資料を床に置き、次の書状を手に取る。長宗我部盛親《ちょうそかべもりちか》が守る八丁目口の資料である。

(八丁目口。今は伊達《だて》家に猛攻を受けている。なんとか凌《しの》いでいるが、これも全て盛親《もりちか》の才と土佐兵の頑強さだな。しかし伊達の攻撃も日ごと激しさを増している。これに対抗するために、幾度か盛親《もりちか》は門を開いて打って出ては押し返し、退却して八丁目口を閉じている。ここも今のままなら持って一ヶ月)

次に手に取った資料は明石全登《あかしたけのり》の部署である。全登《たけのり》は北方面全てを守備しているので、資料の量も多い。

(天神橋が激戦になっているが、立花宗茂《たちばなむねしげ》は完全に周囲の大名を傘下に置く事に成功したのか……さすがに名高き立花《たちばな》、か。しかし天神橋とその横、天満橋は攻めにくい。全登《たけのり》の指揮によってまともに近づけさせていない。ここはそれほど火薬の消費はないな。他の場所より持ちそうか)

そして最後の資料を手に取る。又兵衛《またべえ》から提出された資料である。

(上杉景勝《うえすぎかげかつ》、さすがに後藤又兵衛《ごとうまたべえ》でも持て余すか。間断なく平野川を越えて部隊を送り込んできている。昨日、青木一重《あおきかずしげ》の部隊を東に回したが、それでも一息つけたかどうか。結局、大量の鉄砲に頼って迫りくる上杉軍を牽制し、突撃を鈍らせるしかない。ここも今のままでは一月持たない……)

兵糧はある。あと二年は戦えるほどに。

が、弾薬は持たない。火薬が遠からず足りなくなる。それは間違いなかった。

(持たない、そう持たない……どこからも補給もない。徳川は運んでこられる。現に、大筒まで使っている。それに対し、こちらはもう火薬の底が見えている。まだ相手には知られていないが、又兵衛《またべえ》のいう弾を小さくするとまだ持つだろうが、相手に火薬の底がつきかけているのを知られる……)

全ての資料を手に取ると、秀頼《ひでより》は立ち上がった。

(この状況になってなお、大坂城を囲む大名から離反者は一人も出ていない。むしろ後発の大名が合流するという噂もある。

そして、ここまで勝っているにもかかわらず、誰も離反しないという事はつまり、世は徳川の下で治まると皆が思っている、願っているという事だろう)

秀頼は天守閣から空を見た。そして、

「ここまでか」

そう呟いて、天守閣を降りていく。そのまま近侍の者に後藤又兵衛《ごとうまたべえ》、明石全登《あかしたけのり》、長宗我部盛親《ちようそかべもりちか》、真田《さなだ》幸村《ゆきむら》、毛利勝永《もうりかつなが》を呼ぶように言いつけた。

(最後の策だ)

打てる手は全て打ったと思っていた。記憶の中のみじめな敗戦を潜り抜けるために。

だが、やはり足りなかった。届かなかった。

しかし、ただ終わるわけにはいかなかった。

(せめて大将として、道を開いてやらねばならん。私の招きに応じてくれた者達のために)

秀頼《ひでより》は静かな決意を固めた。不甲斐ない自分の最期に出来る事をする決意を。

日が完全に落ちてから、秀頼は主だった将を呼び出した。今後の方針を決めるためである。

既に和議は蹴った。今後はどう戦うのかという事を決めるためである。秀頼の心は既に決まっているが、それを各将に納得させねばならない。

「まず、最初に言っておこうと思う」

そう秀頼《ひでより》は切り出した。

「これまで皆、よく戦ってくれた。その武功は計り知れず古今東西聞いたことのない働きであった。そのことに、礼を言わせてもらう」

そう言って秀頼は頭を下げた。どよめきが広間を覆っていく中、後藤又兵衛《ごとうまたべえ》が進み出た。

「顔を上げてくだされ、秀頼《ひでより》様。我ら一同、秀頼様の下で戦い、己が成すべき事を成したまでの事。頭を下げられるような事ではありませぬ」

その言葉に皆が頷く。それを見て秀頼は言葉を続けた。

「我らは戦いの始まりより常に徳川方に優位を保ってきた。しかしいかんせん、兵力に違いがありまた、期待された大名の離反もどうやらない。このまま篭城を続けても先に息切れするのは我らである。私は

この戦いが始まる時、世の浪人達全てを雇うつもりで動いた。そして打てるだけの手は打った。が、援軍のあてがない籠城に先がないのは道理である。どうやら……」

秀頼は自嘲気味に笑った。

「天下の諸侯は大御所の下での安寧を望んでいるようだ。しかし、我らが黙ってその礎となる事を受け入れる事はない。事ここに至って、私だけが助かろうとも思っておらぬ。さらに言えば、私が腹を斬っても、豊臣家は改易となり後には何も残るまい」

「今更、大御所に下げる頭などござらぬ。ここにいる皆、多かれ少なかれ徳川に楯突いた過去を持つ者です。たとえ助命されようとも、良くて流罪。誇りを奪われてまで生き残りたいとも思いませぬな」

はっきりと言ったのは長宗我部盛親《ちようそかべもりちか》である。彼はそもそも関ヶ原の戦いで改易されて以来、京で監視付きの生活を余儀なくされていた男である。二度も徳川に歯向かった彼が許される可能性はない。

「拙者も二度と九度山に帰る気はありませぬ。我が父は九度山で無念の内に死にました。せめてもう一度、六文銭の旗を戦場に、それだけを思いここへ参りました」

だから家康《いえやす》に降る気はない、と幸村《ゆきむら》は言う。その思いは秀頼《ひでより》に十分に伝わっていた。幸村《ゆきむら》の九度山生活は貧困に喘ぐものであり、たびたび借金もしている。幸村の兄、信之《のぶゆき》からの仕送りだけでは生活が成り立たなかったのである。信之《のぶゆき》も九度山に追放された父と弟の事を常に気にかけていたが、幕府から目をつけられている状況では大っぴらな援助もできにくかったであろう。

「皆、気の早い事よ。別にまだ敗けたわけではあるまい。秀頼様もこれ以上は籠城せぬ、と仰っておるだけであろう。遅かれ早かれ、我らは勝負に出なければならなかった。その時期がきたという事じゃろう」

明石全登《あかしたけのり》が笑いながら言った。彼は関ヶ原の戦いで主君である宇喜多秀家《うきたひでいえ》を逃がしたが、結局秀家《ひでいえ》は捕えられ、流された。豊臣家のために戦い、そのために滅んだ主家のため、彼は今度こそ最期まで戦い抜くつもりであった。

「秀頼様、いよいよ我らの出番でありましょうか」

勢い込んで言ったのは毛利勝永《もうりかつなが》。彼は開戦当初から、名のある者やこれはと思う者をまとめ、一つの部隊を作り上げて練度を高めていた。そのため、この攻城戦では前線に出ていない。

彼に与えられた役割、それは精鋭を揃える部隊で唯一つの目的を為す事。

すなわち、野戦にて家康《いえやす》の首を取る。

そのためだけに、勝永《かつなが》はずっと刃を研いできた。

「……勝永《かつなが》、部隊は整ったか」

「はっ、いつでも出撃できます」

秀頼《ひでより》の問いに勝永《かつなが》ははっきりと答えた。それを聞いて、秀頼は覚悟を決めて話し出した。

「皆、聞いてくれ。兵糧は十分な備えがあれど、このままでは弾薬が持たぬ。火薬を節約し、弾を小さくすればまだ幾ばくかは戦えよう。が、それをすれば相手に兜の中身を見透かされるに等しい。徳川方は無理押しをやめ、こちらの火薬が尽きるのを待つ事になろう。そうなれば我らは追い詰められる。いや、詰みだ。だからこそ、今この時にこちらから仕掛ける」

そこで一度言葉を区切り、皆を見渡してから秀頼は続けた。

「和議の使者が来た事から、徳川方もこちらの内情を知りたかったのだろう。こちらが強気の回答を突き付けたが、今頃はそれが本気なのかただの虚勢なのか、判断しかねている頃だろう。どう判断されるにせよ、それは我らには関係ない。事実、あの使者が帰った後、攻撃が激しくなっているが、それもこれまで通りの攻撃箇所をさらに叩きに来ているに過ぎぬ。徳川方は思っておろう、真田《さなだ》の守る出丸、長《ちょう》宗我部《そかべ》の守る八丁目口、天神橋を守る明石《あかし》、森村口を守る後藤、この四ケ所のどこかを抜けば、大坂城は雪崩をうって崩れ去る、と。それは間違ってはいないが、どこかが限界点に達するまでこちらが待つ必要はない。それに今、徳川方は先にあげた四ケ所を抜くにはどれほどの時間がかかるか、それを思案していよう。つまり、今の徳川は一種の思考停止に陥っておる。無論、油断しておるわけではない。が……はたしてこちらから全軍で討って出ると思っているであろうか？」

秀頼《ひでより》は後藤又兵衛《ごとうまたべえ》、真田幸村《さなだゆきむら》、長宗我部盛親《ちょうそかべもりちか》、明石全登《あかしたけのり》、毛利勝永《もうりかつなが》の顔をゆっくりと見回した。

秀頼の視線が自分を通過するたび、各々が頭を下げていく。

了解の意である。

「では、これより策を述べる。言うまでもなく、この策の後には何もない。文字通り、全力で出撃し、徳川方を……徳川家康《とくがわいえやす》と徳川秀忠《とくがわひでただ》を討つ」

その後、深夜にまで及ぶ軍議の末、実行の手順や諸将の配置、そして決行の日が決まった。

軍議が解散した後、秀頼と数人の近侍は天守閣に残っていた。

秀頼はなんとなく、しばらく星を見ていたかっただけなのだが、心配して彼らが残ったのだ。

満天の星を見上げる。今日は空が澄んでいて数多くの星々が見えた。

星は空を覆い、果てもなく登って行くように見えた。

「我らの運もかの如く登るに違いありませぬ」

誰かが言った。本心ではないだろう。士気を下げぬために縁起のいい事を言ったに過ぎない。

「そうだな」と呟いてから秀頼は思った。


私には魂が天へと登る道に見えたよ、と。


(何をいまさら)

自分に後悔があるのか、そもそもこの豊臣秀頼《とよとみひでより》という自分自身が何なのかわからなくなっているのか。

男は一人、今はただ星の海を眺めていた。

一刻ほど星を眺めた後、秀頼は千姫の寝室を訪れた。彼女に言わねばならない事がある。

「千、入るぞ」

言った傍から、既に秀頼は襖を開けている。既に床についていた千姫は驚いて起き上がる。

「秀頼様、あの、何かありましたでしょうか？」

千姫は襟元を気にしながら、消え入りそうな声で答える。

（もしや、床を共に……）

そう考えて顔を赤くする。

（ここ最近、攻撃が激しいと聞いておりましたのに、そんな訳ありませんのに……）

幸い、暗くて秀頼には千姫が顔を赤くしてもじもじしている姿は見えなかった。

「すまぬ、明かりを」

「はっはい！」

慌てて燭台に火を灯す千姫。

その前に、秀頼はゆっくりと腰を下ろした。

「千よ、常高院《じようこういん》様と母上の会談はいかがであった？」

これは秀頼が聞きたかった事である。和議の使者は秀頼《ひでより》達で対応し、帰したが、果たして常高院《じようこういん》と淀《よど》君《ぎみ》はどんな話をしたのか。あるいは常高院から淀君へ和議の話などがあったであろうか。

「私も同席致しましたが、昔語りをされておりました。御母堂様はそなたの尼姿を見ると胸が痛む、としきりに仰っておりました」

「……和議については？」

「常高院《じようこういん》様から和議の件で使者として参りましたと、最初に説明がありましたが、御母堂様は、ああそうですか、ご苦労をかけました、と」

（……最初から母上の意向を私はまったく受け入れてない。今更何を言っても無駄、というのがようやくわかってくださったか。それとも、勝っておるか敗けておるかの判断もつかないゆえか）

とりあえず常高院《じょうこういん》と淀君《よどぎみ》の会談内容に問題がなさそうだと確認すると、秀頼《ひでより》は本題をきりだした。

「千、数日のうちに、私は出撃する」

その言葉に千姫は息を飲む。だが、秀頼はあえて気がつかないふりをして話を続ける。

「この戦、どういう結果になろうとも最期となろう。私が討たれようとも、そなたの祖父が討たれようともな」

「ひ、秀頼様……」

途端に泣きそうな顔になる千姫。

「そんな顔をするな」

優しく千姫の頭を撫でる秀頼。

「今生の別れになるやも知れん。千、お前は前に私と共にいてくれると言ったな」

「はい。千は秀頼様の妻です」

「……そうか、なら待っていてくれ。私はきっと帰って来る。側には信頼のおける者を置いておこう」

「わかり、ました……」

ゆっくりと千姫を抱き寄せる秀頼。堪えきれず、千姫は泣き始めた。

そのまま夜は更けていった。

・最後の幕があがる

開戦以来、五ヶ月が過ぎた。

(今日まで乞食のような生活をしていたこの私が、上杉を相手に渡りあう日が来るとはな。想像も出来なかった。ただ最後に一花、との思いだけで入城したこの城だが、何やら愛着が湧いてきたわ)

又兵衛《またべえ》は夜、ひそかに移動させた部隊の戦闘にいる。大坂城の南東部にある、黒門口である。そこには又兵衛《またべえ》が率いる部隊と明石全登《あかしたけのり》が率いる部隊が息を潜めている。

その数、三万。彼らは合図をじっと待っていた。

(……これが最後の戦いだ)

又兵衛《またべえ》は馬上で眼を閉じている。

(思えば、自分の人生は色々な事があった。播磨で生まれ、小寺家に仕えていたが、その小寺家が滅んだ後、仙石《せんごく》家に仕えた。仙石家を出た後は黒田孝高《くろだよしたか》様の重臣である栗山利安《くりやまとしやす》様に仕え、朝鮮にまで行った。攻城戦で一番乗りを競った事が遥か昔のように思える。関ヶ原の戦いでは長政《ながまさ》様の配下として石田三成《いしだみつなり》の家臣を討った。そう考えれば、私は関ヶ原では徳川方にいたのだったな)

そう気がついて、又兵衛《またべえ》は苦笑した。

(……それが今や、この大坂方の将として戦っている。不思議なものだ。長政《ながまさ》様と馬が合わず、出奔したが、していなければこの城を囲む側に私はいたかも知れぬわけだ。奇妙なものだな)

又兵衛《またべえ》は馬の首筋を撫でてやる。その時、わずかに東の空が明るくなった。

た。

（時間だな）

「明石《あかし》殿、お先に失礼しますぞ」

又兵衛《またべえ》は暗がりに向かってそう呟いた。そちらには第二隊として出撃する明石全登《あかしたけのり》がいるはずであった。

（やるか）

又兵衛はゆっくりと右手を上げた。それを見た横にいる兵の一人が旗を上げた。

そのまま、じっと待つ。

そして、待つこと数秒。突如として周囲に爆音が響き渡り、又兵衛《またべえ》から見て南の方角に巨大な爆発が上がった。

「ゆくぞ！」

又兵衛《またべえ》は鋭く声を発すると、馬を走らせた。同時に黒門口が開く。

開け放たれた黒門口から又兵衛を先頭に一斉に兵が飛び出して行く。

「者ども、目指すは岡山！　徳川秀忠《とくがわひでただ》の陣！　途中出逢うた敵は全て粉砕せよ！　首などいらぬ、ただひたすらに敵を跳ね除け、秀忠《ひでただ》の、将軍の陣を目指せ！」

叫びながら又兵衛《またべえ》は馬を疾走させる。後ろを振り返る事もない。

（さあ、最後の舞台の幕は上がった。思う存分、槍を振るわしてもらおうか！）

又兵衛を先頭に一万以上の軍勢が八尾道を疾走し、平野川を渡る。

（それにしても、真田殿《さなだどの》の策よ。剛毅《ごうき》というか、無茶をする。それに賛同する秀頼様《ひでよりさま》も秀頼様だが）

又兵衛《またべえ》達が出陣する直前、爆発炎上したのは真田丸である。真田丸に残っていた火薬に火をつけて爆破したのだ。

（今頃、前田も伊達《だて》も大騒ぎだろうな）

今まで攻めていた出丸が突然爆発をおこして炎上しているのだ。何が起こったのか、兵たちに冷静な判断はできまい。主将である前田利常《まえだとしつね》、伊達政宗《だてまさむね》にもすぐには判断がつかないはずだ。

平野川を渡ると、軍勢は一気に南下する。突然討って出てきた軍勢に黒門口の近くにいた酒井家次《さかいいえつぐ》や松下重綱《まつしたしげつな》は対応できなかった。

元々、又兵衛《またべえ》にはそれらの大坂城西側にいる諸将と戦うつもりはない。ただひたすらに、徳川秀忠《とくがわひでただ》の陣を目指して南下する。

途中、水谷勝隆《みずのやかつたか》と小出吉英《こいでよしふさ》の陣があった。迂回すればそれだけ時がかかる。そう判断した又兵衛《またべえ》は一気にこの二つの陣へと突入した。

彼ら二人は小藩主であったため、大した戦力を持っていなかった。その上、爆発によって叩き起こされ呆然としている最中、又兵衛《またべえ》率いる一万の兵が殺到した。

まともに戦うどころではなかった。

たちまち飲み込まれ、壊乱した。又兵衛も彼が率いる兵も首など取らずに、ただひたすらに蹂躙して進んで行く。

又兵衛《またべえ》の後ろからは明石全登《あかしたけのり》の部隊が追ってきている。壊乱した部隊が統率を取り戻して追ってこようとしても、明石《あかし》の部隊にその前に踏み潰される。

(徳川秀忠《とくがわひでただ》の陣は岡山にある。今はとにかく急ぐ事だ。前田や井伊《いい》が救援に来る前に我らだけでも突入しておきたい。そのために、今はただ駆け抜けるのみ!)

又兵衛《またべえ》は平野川に沿って南下し続ける。これを見つけた部隊があった。

平野川の西沿いに陣をしいていた南部利直《なんぶとしなお》である。

南部《なんぶ》勢は小勢のため、即座に又兵衛《またべえ》の部隊へと攻撃を仕掛ける事はできなかったが、報告を受けた南《なん》部利直《ぶとしなお》はすぐに近くの前田勢へと使者を走らせ、自らの部隊を徳川秀忠《とくがわひでただ》の陣へと移動させるべく活動を開始した。

南部利直《なんぶとしなお》からの使者は前田家の陣へと駆け込み、徳川秀忠《とくがわひでただ》の陣を突こうとしている大部隊がある事を報告した。

前田利常《まえだとしつね》は仰天した。前方の出丸が炎上している最中である。そもそも出丸が爆発したのがなぜなのか分からなかった。事故なのか、裏切りがあったのか、何かの策なのか。

「出丸は囮か! すぐに近隣の諸侯に伝令を出せ! 出られる部隊からすぐに岡山の将軍様の陣へと走らせよ! 岡島、奥村に連絡、大坂城からの敵襲に備えよ! 我も岡山へとゆく!」

さすがに前田勢は対応が早かった。大坂城からの襲撃に備えを残し、前田勢は徳川秀忠《とくがわひでただ》の救援に向かう。が、又兵衛《またべえ》のほうが早い。前田勢は混乱している兵を整えて、後方にある秀忠の陣へと向かわねばならない。水谷《みずのや》、小出《こいで》の陣を踏み破った又兵衛《またべえ》は、そのまま一気に岡山にある秀忠《ひでただ》の陣に突撃をかけた。

この時、八丁目口から長宗我部盛親《ちようそかべもりちか》も討って出た。その西、谷町口からも一斉に兵が溢れだし、眼前の藤堂高虎《とうどうたかとら》隊と伊達政宗《だてまさむね》隊に襲い掛かった。

又兵衛《またべえ》が徳川秀忠《とくがわひでただ》の陣に到達するであろう時を見計らっての出撃である。事前に段取りを決めていたとはいえ、実際に又兵衛が秀忠の陣に襲い掛かるとほぼ同時に討って出たのは奇跡に等しい偶然である。

藤堂《とうどう》隊と伊達《だて》隊は混乱した。眼前の敵を放置できないが、前田からの情報により秀忠の陣が狙われていると分かっている今、どうすべきか。

伊達政宗《だてまさむね》の軍師たる片倉小十郎《かたくらこじゆうろう》の決断は早かった。

「藤堂隊を岡山への援軍とし、我ら伊達勢で眼前の敵に対処する」

藤堂高虎《とうどうたかとら》の陣のほうが東に位置しており、徳川秀忠《とくがわひでただ》の陣に近い。藤堂《とうどう》隊が後ろに退き、その隙間を伊達隊が埋める。兵力は伊達《だて》が多い。正面から突撃してきている大坂方を、陣を横に広げる事によって防ぐ事が可能だと片倉《かたくら》は見た。

政宗《まさむね》はその案を採用し、藤堂高虎《とうどうたかとら》に伝令を走らせ、眼前の敵に対して押し返すように軍を動かした。

一時的にでも敵を押し戻さねば、藤堂軍はこの戦場から抜け出せない。

藤堂高虎《とうどうたかとら》も歴戦の武将である。政宗《まさむね》の動きに合わせて隊を纏め、息を合わせるように一度押し込むと、絶妙の間で軍を退き、伊達《だて》軍が前面に展開しようとするのを見て、岡山へと救援に向かった。

大坂城の南は、伊達軍と藤堂軍が抜けた穴を埋めるように東へと位置をずらし、三分の一ほどが残った前田勢、古田重治《ふるたしげはる》、寺沢広高《てらさわひろたか》などの小勢と協力しつつ、戦線を維持し隙を見て徳川秀忠《とくがわひでただ》へと援軍を送ろうとの構えを取った。

しかし藤堂軍が抜け、前田勢の大半も救援に向かった状態で、一斉に突撃してくる大坂方を支えるのに精一杯となり守勢に回る事になる。

・乾坤一擲《けんこんいってき》

話が前後する。

真田丸が爆発、炎上した際に幸村《ゆきむら》は当然そこにはいなかった。

幸村は真田丸の反対側、大坂城の南西にある松屋町口にいた。

彼の後ろには毛利勝永《もうりかつなが》率いる部隊がいる。そして、その部隊と共に、秀頼《ひでより》が馬上の人になっている。

秀頼《ひでより》が後藤又兵衛《ごとうまたべえ》、明石全登《あかしたけのり》、真田幸村《さなだゆきむら》、長宗我部盛親《ちょうそかべもりちか》と練り上げた乾坤一擲《けんこんいってき》の策。それがこの配置である。

深夜に密かに兵を動かし、真田丸を空にする。そして事前に真田丸に大量の火薬を運び入れ、これを爆破せしめることによって一時的に混乱状態を作り出す。

今まで激戦を耐え抜き、徳川方に多大な被害を与えた真田丸の突然の爆発に相手は戸惑うであろう。が、これはいわば盛大な合図に過ぎない。

真田丸の爆破を合図に後藤又兵衛《ごとうまたべえ》が平野川を渡り、一気に将軍・徳川秀忠《とくがわひでただ》の陣を突く。後詰として明石全登《あかしたけのり》がこれに続く。

この出撃に時間をおいて長宗我部盛親《ちょうそかべもりちか》が前面の敵に対して突撃を仕掛ける。これには二つの意味があり、一つは秀忠《ひでただ》より前にいる諸将の注意を引くためであり、又兵衛《またべえ》、全登《たけのり》への援護。

そして二つ目は敵の注意をより秀忠の陣に引き付ける事、特に伊達《だて》軍の注意を引きつける事であった。

この二つは成功した。盛親《もりちか》が出撃したため、前面に展開していた敵は秀忠《ひでただ》への援護を全軍を挙げて行う事が出来なくなった。そして、伊達《だて》軍は藤堂《とうどう》軍を秀忠の援護へ回すために、空いた穴を埋めるように横に展開し、僅かに西側が空いた。

そして、空いた西側を駆け抜けるべく、真田幸村《さなだゆきむら》が出撃した。目指すは茶臼山。徳川家康《とくがわいえやす》の本陣である。

先駆けとして幸村が茶臼山までの血路を開く。そして、開いた血路を毛利勝永《もうりかつなが》と秀頼《ひでより》自らが率いる部隊、このために用意された精鋭が駆け抜けて家康の首を取る。

それが大坂方が用意した、決戦の策であった。

幸村《ゆきむら》は夜目が利く草の者を放っており、真田丸を爆破した時から、飛び出す機会を待っていた。

家康《いえやす》の首を取る。ただそれだけに目標を絞って策を練った。

(ここが我らの桶狭間《おけはざま》、というところか)

この作戦には後がない。これきりただ一度、失敗すれば何も残らない。

何より、秀頼《ひでより》自らが作戦に加わっている。大将自らの出馬となれば、士気は上がり、この策が成る可能性が初めて生まれる。ゆえに、幸村《ゆきむら》をはじめ他の将も秀頼の出馬を願った。

秀頼はその策を入れた。最後は自らの手で決着をつける、と宣言しこの突撃に加わっている。

(家康の陣に辿り着く。そして家康の首を取る。事は単純だ)

幸村《ゆきむら》は走る。その周囲を六文銭の旗が囲んでいる。

(……あれか)

幸村の前方に陣が見えた。事前の諜報により今宮村に松平忠明《まつだいらただあきら》が陣を敷いている事は知っていた。

「打ち破るのみ」

槍を握る手に力を込める。自分の部隊で松平忠明の陣を抜き、茶臼山までの道を開く。その決意の下、幸村《ゆきむら》と六文銭の旗は敵陣に突っ込んで行った。


幸村が向かうその先、今宮村では一人の武将が酒をあおっていた。松平忠明である。爆発に気がつき、そちらを見ていたが、不意に自らの陣に向かって突進してくる部隊を見た。

「来たわ、来たわ！　やって来よったわ！」

松平忠明が叫ぶ。

その眼は充血しており、物狂いのような形相で叫んでいる。

「良いかぁ、者ども！　命令は一つじゃ！」

そう叫んだ後、彼は低い声で、配下の者に冷酷に命令を下した。

「ここで死ね」

見れば六文銭の旗を背負った者達は全て死を覚悟している。

本来、死兵には当たるべからず。命を捨てた者に正面から当たれば損害は予想をはるかに超える。

だがここにいる松平忠明も狂っている。

他の譜代のせいで外された戦線。上杉、伊達《だて》、前田、立花らが華々しく後藤、長宗我部《ちようそかべ》、真田《さなだ》、明石《あかし》と戦っている。

それをただ酒を飲みながら眺めているだけの日々。鬱憤《うつぷん》は溜まりすぎていた。

杯を地面に叩きつけると、槍一本だけをかついで馬にまたがる。

「行くぞぉ！」

血走った眼で叫ぶ彼もまた、真田の兵と同じく命を捨てた者。

屈辱と羨望の中で待っていた。この時を待っていた。

自分はこの時を待っていたのだと、松平忠明は信じてしまった。

いや、信じる事が当然なのかも知れない。

六文銭の旗と沢瀉《たくしや》の紋が翻る旗が激突した。

・土佐の風

後藤又兵衛《ごとうまたべえ》、明石全登《あかしたけのり》が東から徳川秀忠《とくがわひでただ》の陣へ。真田幸村《さなだゆきむら》と毛利勝永《もうりかつなが》、そして豊臣秀頼《とよとみひでより》が西から徳川《とくがわ》家康《いえやす》の陣へと突撃している。

その間、大坂城の南に展開している徳川方を一手に引き受けているのが長宗我部盛親《ちようそかべもりちか》である。率いる手勢は一万以上。自らの直参というべき土佐兵三千を中心に、眼前の敵に無謀ともいえる突撃を繰り返していた。

彼の役目は唯一つ、少しでも敵を引き付け、足止めし、家康の陣への援軍を送らせない事である。

彼はまず、前田勢に土佐兵三千で正面からぶつかり、そのまま前線を掻き乱した。さらに後続の部隊を伊達《だて》勢にぶつけている。

（とにかく相手を押し込むに限る。相手の混乱をできるだけ長引かせる。その間に又兵衛《またべえ》殿か幸村《ゆきむら》殿が届けば、局面は開けてくる）

盛親《もりちか》はそう考えて、最初からひたすらに無理押しを続けた。豊臣方の策からいけば、この長宗我部盛《ちようそかべもり》親《ちか》という男が受け持った役割は、全滅をも想定してあたるべき役目であり、どれだけの犠牲が出ても時を稼ぎ続ける過酷極まりない役目である。

「防ぐのではない、攻め続けよ。相手が一歩下がる間に二歩踏み込め」

盛親《もりちか》はこの役目を自ら志願した。当初は戦巧者として知られた明石全登《あかしたけのり》がやるはずであったが、盛親《もりちか》が軍議の場で自らがやると志願したのだ。

「明石殿《あかし》は後藤殿の後詰に回って頂きたい。正面の兵を押さえる役目、我ら土佐勢が命を捨ててやりましょう」

盛親《もりちか》は試したかった。自分に戦の才があるかどうかを。

関ヶ原では土佐勢を率いて戦場に出たが、何もしなかった。

元々盛親は西軍につくつもりはなかった。東軍に与《くみ》しようとしていたが、家康《いえやす》に向けて放った密使が捕えられ、やむなく西軍につき、しかも主力の一角として扱われ、関ヶ原へと至った。

しかし関ヶ原では迷うばかりで山を降りなかった。南宮山に居座る毛利勢を気にして、動くに動けず、結果として一兵も戦わす事無く、勝敗が決したのを見てそのまま退却した。

盛親《もりちか》は戦わなかった。戦えなかった。

そのまま改易され、浪人の身となって京に送られた。そこで京都所司代に監視される生活を送っていたが、大坂から秀頼の呼びかけに応えて入城した。

京から出発した時は僅か数人の供しかいなかった。しかし土佐時代の旧臣達や浪人が集まり、城に入る頃には千人ほどの軍勢となっていた。その後も元土佐人が次々と集まり、彼の元には三千人以上の兵が集った。

盛親《もりちか》と配下の土佐兵は、御国再興という夢を持っていたが、それ以上に関ヶ原の鬱憤《うっぷん》を晴らしたいと思っている。

そのことが、この無謀な役目への志願に繋がった。勝つにせよ、敗けるにせよ、眼前の大兵力に挑みかかり、土佐の勇猛さを見せつけて全国に名を馳せたいと願うようになった。

——土佐は天下の強兵。

関ヶ原の前まではそう言われていた。今はどうであろう。伊達政宗《だてまさむね》と八丁目口を挟んで激戦を繰り広げ、幾たびも押し戻した事によって、やはり土佐兵は一筋縄ではいかない、との印象は与えたであろう。

今、大坂城の南方の敵に無謀ともいえる突撃を敢行し、前田勢と伊達勢を一手に引き受けんとして無理押しを重ねていた。

盛親《もりちか》も槍を振るい、土佐兵と共に敵陣を切り裂いている。自ら戦いながら、手勢を纏め、時に指示を飛ばしてさらなる撹乱《かくらん》を狙い、時に手勢と共に突撃した。

「押せ！」

普段は冷静な盛親《もりちか》から激情に駆られた声が飛ぶ。その声に応えて土佐兵が奮い立つ。

（やはり俺は土佐の人間だな。衝動が抑えきれんわ）

盛親《もりちか》は京での暮らしで穏やかな人格者になった。幕府から監視され、寺子屋を開いて生活している内に、少年時代より抱えていた傲慢さや狭量さが取れていった。

（思えば、屈折した餓鬼だったな、俺は。本来は継ぐはずの無かった長宗我部《ちょうそかべ》家を父の一存で継ぐ事になり、土佐の主となった。だが周囲の目は常に俺に懐疑的だった。それも当然、俺には兄がいたし、かつての自分は当主足り得る器だと自分でも思っていなかった。そして周囲にきつく当たる事によって威厳を得ようとした。関ヶ原の戦いの前、自分が東軍に付くと言った時、周囲の重臣達は皆反対したが、情報がろくになく、単純に兵力の多そうな西軍が勝ちそうだと思ったのだろうが、そこに俺に対する反感も少なからず入っていただろう。かつては関ケ原でなぜあの時、山を全力で駆け下りて敵陣に乱入し、そのまま敵大将の首を取れなんだか、出来たはずではないか、そう思っていたが、あの時の自分では誰もついてきてくれなかったであろうな)

眼前では血煙があがるほどの激戦が繰り広げられている。不意を突いたからか、相手はまだ混乱から立ち直っておらず、動きがばらばらに見えた。

(又兵衛《またべえ》殿は岡山に辿り着いたであろうか？　俺よりも悲惨な生活を浪人時代に送っていたという御人だが、とてもそうは見えなんだな。辿りついてくれれば良いが……後詰として出ている明石《あかし》殿もいる。きっと辿り着く。それに、辿り着けなくとも良いのだ。あくまで俺の攻撃と又兵衛《またべえ》殿らの攻撃は陽動でしかない)

盛親《もりちか》は土佐兵以外も指揮しながら、戦っている。前田勢に三千人の土佐兵を叩きつけた後、残りの者を伊達《だて》勢と藤堂《とうどう》勢にあてようとした。

(藤堂の旗が少ない。それも極端に。又兵衛《またべえ》殿が岡山に向かっているとの情報が入ったか。藤堂高虎《とうどうたかとら》、将軍を救うために軍を動かしたか。そして、その間隙を埋めるように伊達が寄ってきている。こちら側に……)

伊達勢が東に軍を展開し、藤堂高虎《とうどうたかとら》の陣を埋めるように動いているのを見て盛親《もりちか》は笑った。

(かかったな。又兵衛《またべえ》殿と明石《あかし》殿への援軍ならば、前田勢の半分と藤堂高虎《とうどうたかとら》隊で十分に戦える。その判断は間違っていない。間違っていないがゆえに……)

「はまったな、後は幸村《ゆきむら》殿、勝永《かつなが》殿、そして秀頼《ひでより》様……」

秀頼様、と呟いた瞬間、彼の中に様々な感情が湧きだしてきた。

最初から自分を重臣のように扱ってくれた。

最初から自分に意見を求め、その意見を入れてくれた。

土佐兵のために装備や弾薬を多く回してくれた。

正直に、自分はまともに戦の指揮がしたことがない、だから私ではなく土佐兵の強さを信じてください、と申し上げた。

(それでも秀頼様は、俺の意見を入れてくれた。頼りにしている、と仰《おつしや》って下さった。実際に真田丸の横で守る将として、大坂城南方を統括する立場として扱って下さった)

ふと、天から雨粒が落ちてきた。ほんの数滴であり、本格的に降り出しそうにはない。雲の切れ間には星がいくつか見えている。

(雨か。大した雨ではない。敵を見失う事はあるまい。しかし、雨か……秀頼《ひでより》様の部隊の進撃速度が落ちる可能性はあるな)

ちらりと伊達《だて》のほうを見る。

(まだ混乱しているな。そして……)

眼前の前田勢を見る。どうやらそれなりの地位の者が前線に出てきて兵を纏めようとしている。その後ろ、半数ほどの兵が一斉に南東へと移動していくのが見えた。

（前田は兵を分けたか。あれを追うのは無理だな。それに、又兵衛《またべえ》殿と明石《あかし》殿が敵を引き付けたともいえる。なれば、後は一つ）

盛親《もりちか》は従卒に槍を渡すと、刀を抜いた。その刀を眼前の敵に向ける。

「敵は逃げたぞ！　前田の殿を倒すのだ！　前田をなぎ倒し、返す刀で伊達の首を挙げん！」

そう叫んでから、盛親《もりちか》は従卒から槍を取り上げ、馬を蹴って走り出した。

（無理に決まっている）

自分の中の冷静な部分がそう言っている。前田の殿を倒してから、伊達の大軍とやりあおうなど。

（だからなんだ）

自分の心がそう言っている。やれるやれないではない、そうすることが自分の望みなのだと。

前田勢で最前線に残っていたのは岡島一吉《おかじまかずよし》と奥村栄頼《おくむらながより》である。彼らは真田丸に対しての攻城戦を指揮していた。最前線にいた二人がそのまま手勢を率いてこの場に残ったのだ。

その二人に、猛然と土佐兵が襲い掛かった。

岡島も奥村も覚悟を決めた。その場に留まり、本隊を守らねばならない。

「機を見て退くぞ。奥村、合わせよ」

岡島一吉《おかじまかずよし》が奥村栄頼《おくむらながより》に命令する。軍歴は岡島のほうが長い。

「分かった！」

そう返す奥村。その弾んだ声を聴いて岡島は不安になった。

（こいつ、大丈夫か。少しあがっとるんじゃないか。元々、短気な男だが……）

事実、奥村栄頼《おくむらながより》は真田丸を攻略中に何度か相手の挑発に乗ってしまい、打ちかかって損害を出している。

その時は岡島一吉《おかじまかずよし》が援護する事によってなんとか被害は抑えられたが、本来の気質が短気で根気がない。

（最悪、我らだけで防ぐ事になるやもしれんな……）

そう覚悟した岡島は、隊を並べて土佐兵を迎え撃った。

（っっ！　なんという圧力だ！）

土佐兵が迫る。彼らの体格がこの薄暗闇の中では一回り大きく見える。徒歩の者、馬上の者、全てが一個の意志を持った集団となって一気に距離を詰めて来る。

（この暗闇では距離が掴めぬ。弓は無用だな。射掛けている間に接近されたら目も当てられん）

そう思った岡島は兵に弓を持たせずに槍を持って待機させた。

が、奥村はそうではなかった。目の前の敵を倒す事に気を取られ過ぎている彼の手勢からは、ばらばらと散発的に弓が放たれた。

一斉射でもない、散発的な射撃である。当然、何の効果もなかった。

（何をやっているのだ！）

岡島は怒るが、すでに土佐兵が眼前に迫っている。すぐに自分の事だけで手いっぱいになった。奥村は猛将だっただろう。敵を叩き伏せて突き進んでいく戦なら大いに活躍する型の武将であった。しかし今は、殿という守りの戦である。性格的に向いていなかった。

結果、奥村の手勢は盛親《もりちか》率いる土佐兵に飲み込まれた。奥村も自ら槍を振るって応戦するが、戦意に勝る土佐勢には勝てず、遂には槍を胸に受けて倒れた。

盛親《もりちか》達は首を取らず、主将が討ち取られて混乱する奥村勢を蹴散らしていく。壊乱する奥村勢に巻き込まれるような形で、岡島も退かざるを得なかった。このまま戦場に留まれば、殿を任された部隊は全滅しかねない。

岡島は敗残兵を叱咤しながら、何とか退却に成功する。それは岡島の指揮能力の高さもあるが、長宗《ちようそ》我部《かべ》勢が深追いして来なかった事も大きい。彼らは前田勢を眼前から駆逐すると、そのままの勢いで伊達勢に襲い掛かったのだ。

藤堂高虎《とうどうたかとら》に対して秀忠《ひでただ》へと援軍に赴くように促した伊達政宗《だてまさむね》は、大坂城から出撃してきた盛親《もりちか》達を迎え撃つために、陣を横に伸ばした。正確には、陣を広げつつ、東へ移動しつつあった。

そこに大坂城から出撃した約七千の軍勢が一斉に襲い掛かった。

盛親《もりちか》はこの七千の兵を無秩序に突撃させた。混乱している相手には秩序だった攻撃よりも、時に無秩序な突撃が有効な場合がある。

この時がまさにそうだった。ただひたすらに、手当たり次第といった具合で攻撃を仕掛けてくる七千の兵にさすがの片倉小十郎《かたくらこじゅうろう》も手を焼いた。

（なんだ、この無秩序な集団は！）

指揮官単位でまとまった戦闘を仕掛けてくれれば、片倉は陣を移動させつつ的確に跳ね返せただろう。だが、七千もの兵が攻撃の力点を定めずに突撃してくるとは、考えてもいなかった。

そこかしこで組打ちの戦になった。ひたすらに槍を振り回して掛かって来る者、誰彼かまわず組打ちにゆく者、誰かが戦っている者を横から突き刺す者……。

片倉は混乱した戦場に、舌打ちしつつ、なんとか軍の統制を取り戻しつつあった。いつまでもこの無秩序な攻撃が続くわけはない。冷静に部下を御しつつ、他の部隊を助け、横に動かした陣を完成させつつあった。

そこに、盛親《もりちか》達三千が襲い掛かった。前田勢を退却させたその勢いのまま、伊達《だて》勢を横殴りに襲ったのである。

この三千は統率の取れた軍であった。天下に聞こえた強兵である土佐兵はその強さを十分に発揮し、伊達勢を東から貫かんと襲い掛かったのだ。

片倉は馬上から盛親《もりちか》達の三千がこちらに向かってくるのを見通した。無秩序に暴れ回る者達とは違う、統率の取れた一団はすぐに捉える事が出来た。

片倉はすぐに決断した。自らの手勢であの部隊に当たる事を。

（長宗我部盛親《ちょうそかべもりちか》、自らが率いる部隊に違いない。あれを放置しておけば、伊達《だて》軍は食いちぎられる可能性がある。ここで私が止める！）

すぐに手勢を纏めて、自ら進み出て盛親《もりちか》の部隊の前に出る。そのまま、間を置かずに激突した。

盛親三千、片倉も三千ほどの手勢である。数の上では互角であった。

伊達《だて》軍には総勢で一万五千を超える兵がいる。しかし、この闇の中で無秩序な攻撃を受けて浮足立っており、組織的に反撃が出来ていない。その中で自らの部隊を統率し、組織的な反撃を行う片倉はやはり名将であった。

片倉が眼前の盛親《もりちか》に相対した事により、この両隊を中心に乱戦となった。

数は伊達勢のほうが多い。しかし数の優位を生かせる状況ではなくなっていた。壊乱しなかったのは、さすがに伊達政宗《だてまさむね》率いる奥州の雄と言えたが、目の前の敵に集中せざるを得なくなり、大坂城の南西より茶臼山に向かって走りぬける軍勢に気がつく事が出来なかった。

結果として、長宗我部盛親《ちようそかべもりちか》は後藤又兵衛《ごとうまたべえ》・明石全登《あかしたけのり》の援護と真田幸村《さなだゆきむら》・毛利勝永《もうりかつなが》による豊臣秀頼《とよとみひでより》を総大将とした茶臼山への決死隊の道を開くという二つの仕事をやり遂げた。

だが、盛親《もりちか》にそれを知る術はない。故に、ただ戦い続けるしかなかった。仲間の成功を信じてひたすらに戦い続ける事だけが、彼の役割であった。

それから実に一刻以上の時間、盛親《もりちか》とその配下の兵は戦い続けた。戦場はいよいよ錯綜し、混乱している。片倉《かたくら》の部隊と正面から激突したが、そこかしこで乱戦となった状況に片倉の部隊も総大将である伊達政宗《だてまさむね》を守る事を優先し、退いていった。それからも、盛親《もりちか》は手当たり次第に戦闘を続けてきた。

(もう十分だ)

長宗我部盛親《ちょうそかべもりちか》は素直にそう思えた。

敵は確かに混乱している。しかし追っている自分達より逃げている敵のほうが遥かに数が多い。

(いずれこの混乱は止まる。それまでに幸村《ゆきむら》殿が届くかどうか、だ)

自分の役目は終わった……そう思うとふと、周囲の兵達の事を思った。

最後の戦いについてきてくれた土佐の兵達。

(この盛親《もりちか》の死に場所まで付き合ってくれた。わしは果報者よな。

さて、最早大坂城には戻れぬ。ならば幸村《ゆきむら》殿の援護に行くか。いや、もはや不要。むしろここでわしが出れば邪魔になる。

ふむ、ここは一つ、この混乱の間にどれだけの首を挙げられるか、わし自身の武勇を試してみるか)

ふっ、と笑うと、盛親《もりちか》は周囲に呼びかけた。

「わしはこれより鬼とならん。四国の、土佐の武士は鬼であったと日の本中に知らしめる為に」

周囲を見た。兵たちは盛親を見ている。

その瞳に信頼を乗せて。

「……皆、これが最期じゃ。わしらの、長宗我部《ちようそかべ》の最期じゃ。この場にこれだけの土佐者がおる。もうここは土佐よ。わしらが皆死ねば、ここは土佐よ。あの温かき土佐よ……」

それから半刻とたたず、彼らは文字通り全滅した。

その命の数倍の首を手土産に、冥土へと旅立っていった。

愛宕山大顕現守護所

・又兵衛と将軍

後藤又兵衛《ごとうまたべえ》は徳川秀忠《とくがわひでただ》の陣がある岡山に辿り着いた。途中、小勢ではあるが水谷《みずのや》と小出《こいで》の二つの陣を踏み破ってきている。

踏み破った両名の生死すら確認せずに、ここまで駆け抜けてきた。その勢いのまま、又兵衛《またべえ》は秀忠《ひでただ》の陣へと攻撃を仕掛けた。

この時、徳川秀忠《とくがわひでただ》の陣には、南部利直《なんぶとしなお》からの早馬がすでに到着していた。慌ただしく迎撃の用意に追われている最中、朝霧を切り裂くかの如く、後藤又兵衛《ごとうまたべえ》率いる一万五千が突撃してきた。

秀忠は無能ではない。父、家康《いえやす》が規格外に有能過ぎただけで、秀忠《ひでただ》も将としての能力は水準以上は持ち合わせていた。

が、彼には枷《かせ》があった。配下の者達から「秀忠《ひでただ》様は戦下手」と思われているという枷が。

秀忠は関ヶ原の戦いにおいて、中山道を進む別働隊の指揮官となった。本隊は家康が率いて東海道を進む。上杉への抑えとして残されたのは結城秀康《ゆうきひでやす》である。必然的に秀忠が中山道の別働隊を指揮する事になった。これは特におかしな事ではなく、当然の事であった。秀忠は徳川家の重臣と信濃の大名達、合わせて三万八千から四万に届こうかという大軍を持って中山道を進んでいた。

家康《いえやす》からの命令は、中山道の制圧。道沿いの諸大名を降伏させて軍に取り込んでいき、最終的にはどこかで家康《いえやす》の本隊と合流し、石田三成《いしだみつなり》、宇喜多秀家《うきたひでいえ》などが集めた西軍十万と激突するはずであった。

しかし、この中山道の制圧の途中、信州上田に真田家が篭る上田城があった。上田城には、真田幸村《さなだゆきむら》とその父、昌幸《まさゆき》がいた。

この上田城に対し、大軍を持つ秀忠《ひでただ》はその武威によって降伏させるのではなく、正式な使者を送って降伏勧告を行っている。使者に立ったのは、真田昌幸《さなだまさゆき》の長男、真田信之《さなだのぶゆき》。幸村《ゆきむら》の兄である。

真田信之《さなだのぶゆき》は関ヶ原の前から徳川家に仕えている。妻も徳川重臣の中でも家格の高い、本多忠勝《ほんだただかつ》の娘である。

この信之《のぶゆき》と信之の妻である小松姫《こまつひめ》の弟、本多忠政《ほんだただまさ》がまずは穏便に開城を求めた。

それに対して老練な真田昌幸《さなだまさゆき》は明確に回答をしなかった。一度皆で話し合うからまた明日来てくれ、まだ結論が出ておらぬ、何某《なにがし》や何某がこれは徳川殿の陰謀だと、開城すれば一族皆殺しになるのではないかなどと言い張っておる、それをなだめておるゆえ、また明日お越しくだされ……。

こうして昌幸《まさゆき》は時間稼ぎに成功する。さすがに秀忠《ひでただ》も不審を持ったが、何せ相手は二千の兵しか持たぬ小城。焦る必要はあるまいと思っていた。

だが、この時、上方の情報をより正確に掴んでいたのは真田昌幸《さなだまさゆき》であった。彼の手元に寄せられた情報によると、どうやら西軍は東軍と決戦の構え。ならばここにいる約四万もの大軍を足止めできればそれだけで大功となろう。昌幸はそう考えて返答を遅らせていたのだ。

そうしてのらりくらりと躱《かわ》した返答を重ねていたが、ある日使者に向かって昌幸はこう言い放った。

「返答を延ばしておったが、ようやく籠城の用意ができた。ここで一戦仕《つかまつ》ろう」

このあまりにも大胆不敵な物言いに秀忠は激怒。

「ここまで言われて黙っておるのは武士にとって恥辱であろう!」

小勢が篭っているだけの上田城を放っておいて西進すべしとの声も重臣からあったが、その声は一部であり、やはりこの恥辱を削ぐべきだとの意見が大勢を占め、さらにはたかだか二千の兵などすぐに片付くとの考えもあった。

結果として、何日も足止めを食らった。真田昌幸《さなだまさゆき》は戦巧者であり、特に篭城戦に秀でていた。徳川秀忠《とくがわひでただ》は短期決戦しか取れない。ゆえに戦術は限定され、さらには大軍で押し込めばそれだけで勝てると思っている、そう言って昌幸《まさゆき》はさんざんに翻弄した。

秀忠はその後、上田城の攻城を諦め、西へと向かったが、利根川の増水などにも足を取られ、関ヶ原の決戦に間に合わなかった。

秀忠《ひでただ》はこれが初陣であった。秀吉《ひでよし》の天下統一以来、ろくに戦いが無かったためでもあるが、初陣で散々な目にあった大将なれば、配下の将に侮られる事も致し方ない事である。

秀忠もそれはわかっていた。だが、彼も将軍位にある男である。

又兵衛《またべえ》が突撃してきた時、周囲の者は秀忠《ひでただ》を逃がそうとしたが、秀忠は踏みとどまって戦う事を選んだ。

「我らだけで戦うわけではない。南部《なんぶ》は使者を前田にも出しておる。じきに味方が来る。それまで耐えよ。将軍が逃げ出す事などあるか」

井伊直孝《いいなおたか》や松平忠直《まつだいらただなお》など、後方に下げられていた武将が突撃してくる又兵衛《またべえ》に挑みかかった。だが、後藤又兵衛《ごとうまたべえ》率いる軍勢は徳川《とくがわ》旗本をものともせずに蹴散らしていく。

「かかれぇー！」

又兵衛《またべえ》の号令に、兵士が雄叫びをあげて岡山の秀忠《ひでただ》の陣へ突入していく。

(後ろからすぐに明石《あかし》殿が来る。なれば、我らはどこまで将軍の首に迫れるかだ)

征夷大将軍《せいいたいしょうぐん》に刃が迫れば、必ず敵は動揺する。そう信じて又兵衛《またべえ》は突撃した。

又兵衛《またべえ》の軍勢が全滅しても、後詰に明石全登《あかしたけのり》が率いる兵がいる。一歩でも又兵衛が踏み込む事によって、あるいは明石《あかし》の軍勢が事を成すかもしれない。

(もっとも、主攻はあちら側だ。こっちはどれだけ敵を引き付けられるかに掛かっている)

あちら側、つまり真田幸村《さなだゆきむら》と毛利勝永《もうりかつなが》、それに豊臣秀頼《とよとみひでより》が率いる部隊が家康《いえやす》本陣へと向かっているはずである。又兵衛《またべえ》の仕事は、明石全登《あかしたけのり》と共に秀忠《ひでただ》の陣を強襲して慌てさせ、徳川方の眼を岡山に引き付ける事にある。

そんな事を考えながら岡山の陣を手当たり次第に蹴散らして行くと、不意に相手が脆すぎる事に気付いた。

(……仮にも将軍の本陣、これほど脆いものであろうか？　確かに敵は混乱しており、右に行くか左に行くかもわからぬ状態になっているが……それでも、我らの進みが速すぎる事はないか？)

又兵衛《またべえ》は配下の者には「首を取るな。敵を倒せばその場に捨てて、さらに走れ」と厳命していたが、それを考えても又兵衛の部隊は一気に将軍本陣へと迫っていた。無論、損害も出ているが、それを置き捨てても彼らは走った。

(そうか、ここにいる者達、将軍につけられた馬廻りとその郎党か。家康の馬廻りは古豪《ここう》が残っておろうが、秀忠《ひでただ》につけた馬廻りの連中、代替わりした若い者達か。昔ながらの古豪を配せばやりにくかろうとの配慮だろうが、裏目に出たな。いや、配慮としては当然なのだろう。しかし少しばかり早かったな)

今はまだ戦国時代。たとえ太平の世が訪れようという時であれ、まだ戦国時代なのだ。

「雑魚に構うな、ただ進め！　狙うは唯一つ、将軍の首ぞ！」

ついに又兵衛《またべえ》は秀忠《ひでただ》の本陣へと辿り着いた。すでに半数以上が脱落していたが、それでも彼らは辿り着いた。

天幕をなぎ倒し、篝火《かがりび》を蹴散らして乱入する。

すぐに激戦が始まった。

「征夷大将軍《せいいたいしょうぐん》、徳川秀忠《とくがわひでただ》殿、その首を貰い受けに来た！　我は後藤又兵衛《ごとうまたべえ》、後藤又兵衛基次《ごとうまたべえもとつぐ》なり！」

大声で名乗りを上げる又兵衛。

そこからは激戦となった。

又兵衛《またべえ》と共に秀忠《ひでただ》の本陣を突いた者達は、文字通り命を捨てて戦った。対して、秀忠とその側近達もさすがに一筋縄では行かなかった。一つには、秀忠が踏みとどまって戦う事を選んだ事がある。

秀忠の部下は又兵衛の部隊が迫っていると知ると、一時退避する事を進言したが、秀忠は聞かなかった。

「将軍は逃げぬ」

それだけを言うと、周囲の者に覚悟を求めた。

「逃げたい者は逃げよ。末代までの恥を抱えて逃げれば良い」

そこまで言われると、誰も逃げられなくなった。命は惜しいが、名誉も惜しい。総大将を見捨てて逃げ出したとあれば、たとえ生き延びても決して消えない不名誉を背負う。秀忠が生き残れば、逃げ出した者は二度と徳川には戻れないばかりか、探し出されて首を撥ねられる可能性もある。

結局、戦うしかない。

もしここに居るのが家康であれば、側近と共に味方の陣へ退避していただろう。だが、秀忠には意地があった。二度と戦場で無様をさらさぬという意志があった。

（耐えれば援軍が来る。今は混乱している味方も時を置かずに冷静さを取り戻すはずだ。それまで耐えればよいだけの事）

覚悟を決めた秀忠《ひでただ》は周囲に檄《げき》を飛ばしながら自らも槍を取った。

この姿に徳川の兵も奮い立ち、徐々に立ち直っていく。

それでも又兵衛《またべえ》は退かない。元より退く気がない。

（わしの槍は届かぬか）

刻一刻と状況は悪化している。又兵衛自身が槍を振るって敵を打ち倒し、味方を鼓舞しているが、明らかに敵の勢いが増している。

乱戦となってどれほどの時間が経ったか、秀忠の背後より歓声が上がる。

「お味方です！　前田勢が加勢に来ましたぞ！」

誰かがそう叫ぶ。事実、前田利常《まえだとしつね》の軍勢が岡山に到着していた。

いよいよ勢い盛んとなる徳川勢。そして、幾度となく振るった又兵衛《またべえ》の槍は、一人の武者を貫いた時、ついに折れた。

「ふ、折れたか」

又兵衛は刀を抜く。その表情には笑みが浮かんでいた。

(上杉景勝《うえすぎかげかつ》と知略を尽くした戦をした。そして今、天下の将軍を追い詰めたのだ。京で乞食をしていたわしが、このわしがここまでやったのだ)

ふと後ろを振り返ると、明石全登《あかしたけのり》の旗が激しく揺れているのが見えた。

(既に前田勢が加勢に現れた。この後は増える一方だな。明石殿が将軍に届くより早く、相手の態勢が立ち直るわ。だが、わしらは十分に役目を果たした)

既に体力も限界に来ている。震える手で刀を握りしめると、又兵衛《またべえ》は秀忠《ひでただ》の姿を探した。

視界にその姿を捉えると、そのまま一直線に斬り込んでいく。当然、秀忠までの間には多くの兵がいる。

「最後まで楽しませて貰ったぞ！　おもしろき戦であったわ！」

又兵衛の体を槍衾が貫く。

そのまま、彼の意識は途絶えた。

・明石全登《あかしたけのり》の最期

又兵衛《またべえ》が岡山に突入してから、さして間を置かずに明石全登《あかしたけのり》の部隊も岡山に到着していた。

(又兵衛殿がかなり深く討ちこんでおるな)

明石の周囲は味方の兵と敵の兵でごった返している。

(一気に駆け上がり、又兵衛殿との合流を計ろうと思うておったが。どうやら又兵衛殿はかなり深く進んでしまっておるな。逸っておるのかの。さて、この混乱しておる状況、我らも一気に駆け上がりに入るべきか。それともこの混乱している状況をさらに拡大させるか)

又兵衛《またべえ》の隊を援護して将軍の首を狙うか、周囲の敵兵を蹴散らしてさらに混乱を煽るか。全登《たけのり》は少しだけ悩んだが、結局又兵衛の援護に走る事に決めた。

(将軍の首を取れれば僥倖《ぎょうこう》だが、さて又兵衛殿はどこまで迫っておるかな)

又兵衛《またべえ》が突き進んで敵陣は深く割れている。そこに全登《たけのり》の部隊が押し入って傷口を広げるように進んで行く。

全登《たけのり》は少し又兵衛が気がかりだった。

(我らを待たずに深く進撃しておるが、大丈夫かの。後藤又兵衛《ごとうまたべえ》ともあろう者が、後続と息を合わせぬとは思わぬが。あるいは又兵衛殿の予想以上に進んでしまっている可能性もあるの)

又兵衛《またべえ》と全登《たけのり》の間には今、間隙が出来ている。互いの距離が離れてしまっているのだ。

(今は徳川の兵も右往左往しておるだけじゃが、冷静さを取り戻されると、すぐにでもこの間隙は埋ま

るな）

そうなれば又兵衛《またべえ》の隊は秀忠《ひでただ》本隊と増援に来るであろう前田利常《まえだとしつね》や井伊直孝《いいなおたか》に囲まれる。そして全登《たけのり》の部隊はそれこそ周囲を秩序もなく走り回っているこの兵たちに囲まれる事になる。

（いや、それ以上に大坂城の西側。そこにいた大名達も事態に気がつけば南下してくるか）

大坂城の西には上杉景勝《うえすぎかげかつ》の他、丹羽長重《にわながしげ》や堀尾忠晴《ほりおただはる》などの小大名、それに上杉の北には佐竹義宣《さたけよしのぶ》がいる。

（佐竹は無傷……この攻城戦では特に何もしておらん。攻められている時は動かぬ事がありがたかったが、こうなると動きが読めずに不安じゃな。上杉は南下してくるだろうが、佐竹はそのまま大坂城へと攻め入る可能性が高いのう。今の城には秀頼《ひでより》様も、我らもおらぬ。兵が少なく守りきれまい……城を落とされれば我らはどこに帰るのか、いや、城を落とされれば全ての方面の敵が自由になる。ふん、結局はその敵に破られるだけか。やはり……）

明石《あかし》は全軍に秀忠《ひでただ》の本陣まで駆ける事、途中、眼に入った敵は突き捨てて行くことを命令し、進撃を開始した。

（真田《さなだ》殿に期待するしかないな。城も味方も我らの首も、何もかもを賭けておるのだ。頼んだぞ、真田《さなだ》幸村《ゆきむら》）

どれだけの損害を負おうとも、たとえ大坂城が敵の手に落ちようとも、大御所・徳川家康《とくがわいえやす》の首を取ればこの戦は勝てる。

それだけのための作戦であり、それだけのための突撃である。

勝てるかどうか、届くのかどうかは、明石全登《あかしたけのり》にもわからない。

（それはもう神の御業よ。秀頼様の運に掛かっておる。わしらの役目はこちらで暴れに暴れて敵の眼を引き付ける事。ふ、ついでにもう一つ、取れるものなら取ってみたいものよな。征夷大将軍《せいいたいしょうぐん》の首とやらは……）

明石全登《あかしたけのり》は既に孫が関ヶ原の戦いに参戦していたほどの高齢であるが、軽快に馬を操って敵陣を進んで行く。

稀に全登《たけのり》に対して槍を討ちこんでくる者もいるが、片手でいなして放っておいた。

「さぁ、どこまでやれるかの」

又兵衛《またべえ》の隊が過ぎ去った後に出来た道は、既にぱらぱらと散っていた兵が戻ってきており、道はなくなりかけていた。

徳川方の兵からすれば、突如として現れた又兵衛の軍勢から命からがら逃げ出したものの、これはまずいと思って戻って来たわけである。既に又兵衛の軍勢は本陣へと戦いの場を移している。追いかけてその場に加わるべきか。そう迷っている時に明石全登《あかしたけのり》の隊が突入してきた。

徳川方の兵は反射的に新たに迫りくる部隊への対処を選択した。なんとか十人ほどの纏りをいくつも作って全登《たけのり》の部隊への防御隊形を取った。

（眼の前に敵が現れた事によって、一時的に混乱から立ち直ったか。ま、立ち直ったというよりは、対処せねばならぬ事象が現れた事によって、やるべきことが決まった、その流れのまま、こやつらは戦お

うとしておる)

「面倒じゃの」

一言、そう呟いた全登《たけのり》はここで敵を屠って行く事に決めた。

(無理に押せば戦場がどんどん後退していき、又兵衛《またべえ》殿まで巻き込んだ混戦になりかねん。そうなれば将軍を取り逃がす。ここはこ奴らを突き崩し、又兵衛殿の露払いとしようか)

明石全登《あかしたけのり》はそう決めた。ちらりと敵が構えている先を見る。

(もう少し、若ければのう。そちらまで行けたやも知れぬな。まあ、老人には似合いの戦場か)

明石全登《あかしたけのり》は槍を持ちつつ、左手に采配を持った。

「かかれ!」

叫びと共に、全登《たけのり》配下の兵が飛び出して行く。

射撃と槍で迎え撃つ徳川方。

全登は周囲の敵を切り払っていくが、同時に又兵衛が切り開いた道が閉じられていく事を感じていた。

一度は散った兵達が指揮官の叱咤と必死の統率によって戻ってきている。

(これほど残るとは。どうやら将軍はここに踏みとどまったようじゃな。意地か、それとも他の何かか)

どちらにせよ、又兵衛《またべえ》と共に将軍の首を取る道は閉ざされた。全登《たけのり》の役割は、やはり又兵衛に追い散らされた兵が彼を追う事が無いよう、ここで敵を討つ事だった。

(それも道よ)

全登《たけのり》の部隊はじりじりと進んで行く。時間がたてばたつほど散って行った兵が戻って来る。戻って来た兵を槍にかけ、次々と屠って行くが、それでも気がついた時には明石全登《あかしたけのり》の隊は包囲されかけていた。

(最早前には進めぬ)

徳川方の兵も将軍の元に進ませぬように、明石の前面に多く展開している。その分、後ろはまだ空いていた。

(わしはこれでもキリシタンじゃからなぁ。自ら死ぬ事は出来ぬ。退いて逃げるのもありか。秀家様の事も気にかかる。又兵衛《またべえ》殿とわしはできるだけの敵を引き付けるのが役目。十分に果たしたであろう……)

そう思い、背後を振り返る。その眼に映る光景を見て、彼は最早逃げられぬ事を悟った。

(……早いの。さすがは毘沙門天《びしゃもんてん》よ)

岡山の麓を流れる平野川。その川沿いまで既に上杉が来ていた。

前方には徳川方の兵が多くひしめいている。とても抜けそうに無かった。

全登《たけのり》は決断した。

(徳川方に討たれるよりは良いわ)

彼は残存の兵力を纏めると、機を見て一気に退いた。当然、敵は押し返してくる。

徳川方の攻撃を受け流しながら、明石全登《あかしたけのり》は兵の一部をぐるりと反対に向ける事に成功した。名人芸と言っていいだろう。

「この世の最期に見る光景が、毘沙門天《びしゃもんてん》の旗とはな。これも神の御導きよ」

この上杉の兵を率いているのは直江兼続《なおえかねつぐ》であった。だが、最早明石全登《あかしたけのり》には誰が軍を率いていようが関係なかった。

「……amen」

明石全登《あかしたけのり》。上杉軍との戦闘に入り、その後すぐに討ち取られる。

死に際に神を見たのか、その顔は猛将と呼ばれた彼とはかけ離れた、満ち足りた笑顔であった。

・六文銭、激昂

幸村《ゆきむら》は松平忠明《まつだいらただあきら》の部隊と激突した。

松平忠明はほとんど狂人のように眼を血走らせ、叫びながら槍を振り回している。

忠明の配下も彼に引きずられて、死兵となって幸村《ゆきむら》の前に立ち塞がった。

が、幸村と配下の兵も死兵である。ここが死に時だと決めている。当然、激戦となった。

六文銭の旗が激しく揺れる。徳川方は幸村《ゆきむら》の事を父である昌幸《まさゆき》と同じく防御に秀でた将だと思っていた。


事実、真田丸は前田勢に激しく攻め立てられても小揺るぎもせず、幾度となく攻撃を跳ね返していた。

その幸村《ゆきむら》が率いて突撃してきた部隊は、野戦でも無類の強さを発揮した。

幸村は思慮深い性格の中に激情を持っている人物でもあった。

真田丸の攻防では思慮深い性格が良く出ていた。冷静沈着に戦況を読み、敵を十分に引き付けてから叩くその胆力、配下の者を覆う威は真田丸そのものを覆っているように感じられた。

今、幸村は真田丸より解き放たれた。彼が心血を注いで造った真田丸は爆散した。今でもまだ、燃えている事は間違いない。

真田丸の爆発はこの作戦の開始の合図であった。同時に敵を混乱させるためのこけおどしの役もあった。

そしてもう一つ、あの爆発と共に、幸村の激情が心の奥底のさらに奥から熱風となって噴き出してきた。

（家康《いえやす》の首を取る）

主君、豊臣秀頼《とよとみひでより》が率いる部隊の先駆けとして、徳川家康《とくがわいえやす》の陣へと突撃する事、この事が幸村《ゆきむら》が抑えてきた感情を爆発させている。

幸村は九度山に蟄居《ちっきょ》させられてから、十年以上が経っている。暮らしは貧窮し、幾度も兄の信之《のぶゆき》に仕送りを催促し、自らも畑を耕してその日の食い扶持《ぶち》を稼いでいた。

やがて、父が死ぬ。父は死ぬ間際、最早家康は自らを許す気はあるまい、と幸村に語っていた。

「大御所は吝嗇《りんしょく》じゃからな。太閤は剛毅《ごうき》であったわ」

病の床でそんな事を言った。

「大御所はわしを許すまい。あやつは城攻めが下手だからの。世はこれから豊臣家討伐に動こう。あの狸親父め、今頃はあの城をどう攻めればよいか、頭を悩ましておろう。上田の城すら落とせぬ男じゃからの」

言いたい放題であるが、事実である。

「家康め、秀頼様を亡き者として天下人となるか。ふん、あの狸が天下人か。つまらぬ世が来るの。わしは幸せなのかも知れぬな。徳川の腐った世など見たくもない」

死に瀕している老人、真田昌幸《さなだまさゆき》は徳川家康《とくがわいえやす》をこき下ろしていた。幸村《ゆきむら》は黙ってそれを聞いている。

「大坂城はの、天下の巨城じゃ。あれを家康ごときが落とせるとは思えぬ。だが、秀頼《ひでより》様に果たしてあの城を使いこなして戦う事ができるじゃろうか……わしが、わしがおればのう」

無念な事よな。

そう小さく呟いて、真田昌幸《さなだまさゆき》は眠りに落ち、次の朝日が昇る前に死んでいた。

そんな父と長年暮らし、看取った幸村《ゆきむら》にしてみれば、父の薫陶《くんとう》通りに大坂城の南に出丸を築いて一兵たりとも大坂城へと入れなかった、その事で父の戦術眼の正しさを証明した、と自らは思っており、同時にその真田丸が爆発で吹き飛んだ時、幸村《ゆきむら》は父や兄などのしがらみを全て捨てて、自らの激情を解き放った。

（一発、その鼻に槍でも叩き込んでやろう）

その程度の考えでこの作戦の先駆けを願い出た。幸村は他の将と決定的に違うところがあった。

明石全登《あかしたけのり》は関ヶ原の合戦で敗れ、主君を逃がした後、自らも逃げた。長宗我部盛親《ちようそかべもりちか》は関ヶ原で戦いもせずに国に逃げ帰り、その後徳川家の強権によって土佐を取り上げられた。後藤又兵衛《ごとうまたべえ》は主君であった黒田長政《くろだながまさ》と折り合いが合わず出奔《しゆつぽん》してから、どこかに士官しようとしても必ず黒田家から横槍が入り、士官が叶わなかった。大名が持つ強権がどれほどか知り尽くしている。

つまり彼らはいずれも名将だが、それゆえに家康の強さ、巨大さを認めている。ただ一人、幸村《ゆきむら》だけが思っていた。

「家康など大した事はない」

大真面目にそう思っていた。

真田丸を守りきる事によって父の名誉は幸村の中で十分に回復した。やはり父は正しかったと決着がついたのだ。

後は家康の首を取るだけである。

（家康の首を取る。それだけだ。たったそれだけでこの戦は終わりだ。今、又兵衛《またべえ》殿と明石《あかし》殿が命を賭けて陽動に動いている。長宗我部《ちょうそかべ》殿も我らを追いかける者がおらぬように戦っている。あとは我らだけ。我らが家康の首を取って終わりだ）

そう考えている幸村《ゆきむら》の前に松平忠明《まつだいらただあきら》の軍勢が立ちはだかる。が、幸村はそれが誰の部隊でなぜここにいるのかなど、まったく考えなかった。

「潰せ！」

一切、速度を落とす事無く突っ込んだ。彼にしてみれば、総大将である秀頼《ひでより》の先駆けである。邪魔な敵が居ればそれを排除するのに何事も考える必要はない。

松平忠明も何の失態もないのに戦線を外された鬱憤《うっぷん》が溜まっている。憤懣《ふんまん》満ちて行き場所のない怒りを酒で発散していたのだが、目の前に敵が来てくれた。

幸村が九度山からこちら、溜まっていた鬱憤を爆発させたように、松平忠明は同僚や大御所への不満を目の前に現れた軍勢に向けて爆発させた。

どちらも功名などに興味は無かった。

理由なく、激突した。

決着はすぐについた。

いくら忠明が狂った強さを発揮しようとも、彼の手勢は僅かである。

またたくまに幸村《ゆきむら》率いる信州兵の洪水に飲み込まれた。

「戦え、戦えー！　ここで死ぬのじゃ、皆死なぬかぁ！」

いよいよ狂いながら忠明は槍を振るう。目に入る者全てが敵として映っており、誰彼かまわず組打ちし、敵と認識した者をなぎ倒す。

しかし数が違う。その上、幸村《ゆきむら》の部隊は戦意も高かった。家康の首を取る。その一点に集中して進む鬼の集団であったのだ。

「我は、我は松平《まつだいら》忠明《ただあきら》！　三河侍の矜持《きようじ》、我が見せてくれるわ！」

叫びながら一人の侍の胸を貫いた槍を引き戻すと、眼前に赤い鎧が迫っていた。

真田《さなだ》の兵の中でも、特に信州より九度山にもついてきた古豪《こごう》の者が着ている「赤揃え」と呼ばれる鎧である。

その赤い鎧の旗指物《はたさしもの》は六文銭。それが松平《まつだいら》忠明《ただあきら》が見たこの世の最期の光景となった。

鎧武者の名は真田《さなだ》幸昌《ゆきまさ》。幸村《ゆきむら》の長男である。彼が槍を引き戻していた忠明の喉を正確に槍先で捉えたのだ。

幸昌《ゆきまさ》は一瞥くれる事もなく、そのまま駆け抜けていく。こんな場所で時間を掛ける訳には行かなかった。

松平《まつだいら》忠明《ただあきら》と真田《さなだ》幸村《ゆきむら》の激戦は、その激しさに反比例するかのようにごく短時間で終わった。

幸村《ゆきむら》は今宮村を駆け抜けると茶臼山に到達した。

この時、初めて幸村は後ろを振り返った。

(来ているな)

夜が明けてきた。その光に瓢簞《ひょうたん》の馬印が照らされている。

(秀頼《ひでより》様の側には旗本衆がいる。我らが大御所まで道を切り開けば、秀頼様が辿り着く。だが、その前に我らが家康の首を頂く)

幸村《ゆきむら》は家康の本陣へ突撃した。

いきなりの事態に右往左往している兵を無視して、幸村は家康の本営に辿り着いた。

「あれか」

駆け上ってきた勢いそのままに、本営に突っ込んで行く幸村。

そこに待ち受けていたのは、家康ではなく少数の火縄銃を持った兵だった。

最初に飛び込んだ兵達が火縄銃の一斉射によって倒れる。その後に飛び込んだ幸村《ゆきむら》は、事態を悟った。

「逃げたか、家康」

残っていた少数の待ち伏せ部隊を一蹴すると、幸村は即座に追撃に移った。

(どうやらあの途中にいた部隊と戦っている時には逃げ支度をしていたという事だな。だが、それほど遠くには行っていないはずだ)

家康の本営は蹂躙《じゅうりん》され、旗は馬に踏まれて、床机はなぎ倒されている。待ち伏せしていた少数の兵は時間稼ぎだろうと判断し、幸村《ゆきむら》は馬を走らせた。

（味方のいないほうへは逃げまい。おそらくは西、木津村辺りに新たな本営を設置して周辺の大名を配するはず。だが、関係ない。その前にこの幸村の槍が届けばそれで終わりだ）

幸村《ゆきむら》の読みは当たっていた。

家康は奇襲に気付いた時、素早く兵を纏めて木津村へと移動していた。篝火《かがりび》や旗をそのままにして残す兵には時間稼ぎを命じて茶臼山を降りていたのだ。

そして木津村周辺に布陣していた毛利秀直《もうりひでなお》、徳永昌重《とくながまさしげ》などを吸収。大坂城の西に配置されていた山内《やまうち》忠義《ただよし》や蜂須賀至鎮《はちすかよししげ》、鍋島勝茂《なべしまかつしげ》などを呼び寄せるべく使者を送った。

家康は周囲を側近に固められながら、思案していた。敵は六文銭、真田《さなだ》の部隊だという。が、それ以上に家康が撤退を決めたのは、物見がもたらした情報、瓢箪《ひょうたん》の馬印が六文銭の後方に見えるという事だった。

（豊臣秀頼《とよとみひでより》、自ら出馬してきおったのか）

まさか和議を申し込んですぐ、これほどの攻撃を仕掛けてくるとは、家康は思っていなかった。

（なんらかの事情があったのだろうが、見事だ。あの出丸を爆破してその混乱に乗じて我が首を狙うとは……おそらく、今頃は秀忠《ひでただ》の方にも敵が行っておろう。我らに援軍が来ておらぬ事、あの真田《さなだ》が一直線に茶臼山まで来たという事は、秀忠の方に多くの敵が行って派手に暴れておるのだろう。つまり、我らは陽動に引っかかったという事か）

家康は歯ぎしりしながら、考えを纏《まと》めようと努める。

(山内や蜂須賀《はちすか》が来れば殲滅《せんめつ》できる。それまではこの手勢で耐えるのだ。それしかない。秀忠《ひでただ》はどうなっておるか。いや、今は考えても仕方ない。ここを凌《しの》ぎきる事に集中すべきだ)

すぐに幸村《ゆきむら》は来た。戦力では家康が勝っている。が、幸村はかまわず突撃してきた。

その勢いの凄まじさに家康の兵は圧倒された。

幾度も本営を下げねばならず、家康は何度も腹を斬る覚悟をするほどであった。

しかし結局は戦力差によって徐々に幸村《ゆきむら》の兵は削られていく。

遂には、幸村自身も傷を受けるようになった。

「家康め、運のいい奴だ。ここに居るのが父なら貴様の首は既に無かったぞ」

そう吐き捨てた幸村は、残った僅かな手勢と共に再度突撃し、ついに討たれた。

真田丸での攻防、そしてこの家康本陣への突撃により、真田幸村《さなだゆきむら》の名は戦後に全国に響き渡る事になる。

・一場の夢

秀頼《ひでより》の周囲には多くの猛者《もさ》が集っている。
毛利秀秋《もうりひであき》、大谷吉治《おおたによしはる》、内藤元盛《ないとうもともり》、仙石秀範《せんごくひでのり》、福島正守《ふくしままさもり》、南部信景《なんぶのぶかげ》、井上時利《いのうえときとし》など多くの将と兵が一丸となって進んで行く。秀頼《ひでより》は実際の戦闘指揮の経験がないため、実際の采配は毛利勝永《もうりかつなが》が執っていた。

この部隊の人選は毛利勝永《もうりかつなが》が行った。決死隊とも言うべき部隊であり、万に一つの可能性を掴むためだけに編成された部隊である。

家康《いえやす》を討つ。

そのためだけに編成されたこの部隊は毛利勝永《もうりかつなが》によって、篭城戦の間は前線に出ず、もっぱら城内で厳しい鍛錬を行ってきた。

敵の総大将の本陣に斬り込み、その首を取るためだけに編成された部隊である。全員に命を捨てる覚悟がいる。たとえ朋輩が倒れようが、その屍を乗り越えて相手の喉を食いちぎるほどの気構えを養ってきた。

こういった決死隊には、やはり命を捨てるだけの理由がいる。そのために秀頼《ひでより》自らが出馬したのだ。

全軍の総大将たる秀頼自らが出馬し、先頭に立つ勢いで馬を進めれば、士気は上がり、初めて全員が討死覚悟の活躍が出来るだろう。

逆に言えば、この時に秀頼が出馬するのは当然であり、絶対の条件でもあった。

（なんだろうな、本来なら自分は出馬しなかったように思ったが）

秀頼の記憶では、そうであった。

しなかったのではなく、出来なかった。秀頼はそう思い直した。

（自分への出馬要請は各部隊から催促が来ていたのだ。そうだ、確か一度は出馬を決めたような記憶がある。しかし、取りやめになった。時期はもっと後だったな。そう、先ほど暗がりの中を渡った、あの堀が全て埋められてしまった後の事だったはず。それがこの局面での出馬か。悪くないな）

悪くない、秀頼《ひでより》にはそう思えた。

（悪くない。記憶に残っているのは、全ての部隊が出撃していき、激戦後、ほとんどの者が帰ってこなかった、自分は孤独になったのだという実感だけだ。今は違う、今は周囲にこれだけの兵がいる。毛利勝永《もうりかつなが》もいる。皆が自分のために戦ってくれている、その場所に自分がいる。そうか、これが戦場……震えるか、怯えるかとも思ったが、なぜかな。自分の心は落ち着いている。実感がないのとも違うが……）

秀頼《ひでより》は周囲を固める将たちと共に明け方の大坂を駆け抜けていく。

（陽が昇る。夜明けか。千《せん》には重成《しげなり》をつけてある。もう憂いは何もない。後は行くだけだ）

既に先発した真田幸村《さなだゆきむら》の部隊は秀頼《ひでより》の為に露払いを始めている。

（幸村にも苦労を掛けるな。又兵衛《またべえ》、全登《たけのり》、盛親《もりちか》、それに勝永《かつなが》、様々な人間に支えられて自分は今、ここにいる。彼らがいなければ、大坂城はとっくに落ちていただろう。いや、いつかの記憶でも彼らがいたから大坂はあそこまで持ちこたえて戦えたのだ。自分の力など少しも必要なかったな）

秀頼《ひでより》の部隊が茶臼山に辿り着くと、そこは既に幸村《ゆきむら》の部隊に討ち破られた後であった。

（どうするか）

こういう時、戦場の経験がない秀頼は判断がつかない。既に幸村が家康を破ったと見るべきなのか、家康が逃げて幸村が追っているのか。

傍らの勝永《かつなが》を振り返ると、意図を察した勝永が馬を寄せてきた。

「我らも踏み込みましょう。真田《さなだ》殿が本陣まで迫っておるやも知れません。仮に大御所が逃げておれば、我らも追撃に加わるべきです」

「わかった」

秀頼《ひでより》は即座に頷いた。

茶臼山を駆けあがる秀頼達。そこには徳川の兵も幸村《ゆきむら》の兵もいなかった。

（死体がほとんどない。これは逃げたか、家康殿。ということは、幸村《ゆきむら》は追っているな）

そう考えた秀頼《ひでより》は当たっていた。が、秀頼には幸村のような戦術眼は持ち合わせていない。しばし、考える。

（逃げた、か。総大将たる自分が討たれるわけにはいかない、即座にそう判断して退いたのか。幸村《ゆきむら》は追っているだろう。幸村には家康殿がどこに退いたか分かるだろうが……）

秀頼《ひでより》には判断がつかない。ふと、千姫《せんひめ》との会話を思い出した。

（千は言っていたな。家康殿は毎日決まった時間に起きて、決まった事をやり、同じ時間に飯をとると。確かに家康殿は稀代の名将であり謀将だろう。相手を一手ずつ詰んで行く過程は定石にして王道。しかし今はどうだ？　今は我らが本陣にまで攻め寄せている、今は……）

「西だ」

秀頼《ひでより》は唐突に口に出した。

「西でございますか？」

毛利勝永《もうりかつなが》が聞き返してくる。

「ああ、大御所は西にいる。茶臼山を降りて西の味方へと合流するべく行動しているはずだ」

それを聞いた勝永《かつなが》は一つの地名を口にした。

「西に木津村があります、急ぎましょう。木津村周辺にはいくつかの敵陣があります。大御所はそこで援軍を待つ構えかもしれませぬ」

「そうだな、幸村《ゆきむら》の部隊だけでは厳しいだろう」

茶臼山を降りて、紀州街道を横断する頃には木津村の辺りで戦闘が起こっているのが確認できた。

（……当たったな。家康殿は常道にして王道、定石をゆく人だと千と話して思ったが、まさにそうだったようだな。本陣が突撃された場合、家康殿は踏みとどまらなかった。つまり、既に行動を起こしていたという事だ。そしてその行動原理は、おそらく定石から外れないはず。いや、恐らくは外れられないのだ）

そこから天啓のように秀頼《ひでより》の脳裏に閃きが走ったのだ。家康は西に逃げた、と。

（そのまま南に逃げる事はありえない。味方がいないからだ。なら東か西。東には徳川秀忠《とくがわひでただ》が、現将軍がいる。そちらに逃げれば二人とも討たれる可能性が高いと見たはずだ。戦では大将とそれに次ぐ者はどちらかが生き残るように立ち回るが定石。つまり将軍がいない方、西だと思ったが、当たったな)

木津村まで来ると、激しい戦闘の跡があった。敵方の旗と六文銭の旗がそこいらに落ちていた。

「……幸村《ゆきむら》は既に来ていたか」

「行きましょう、秀頼《ひでより》様。ここで勝負を決するのです」

「そうだ。ここで終わらせる。そのために来たのだ。……勝永《かつなが》」

「はっ。これが今生の別れであります。秀頼《ひでより》様……ご武運を」

毛利《もうり》勝永《かつなが》はそう言って頭を下げると、配下の者達と共に秀頼から離れて行った。

「……頼むぞ、勝永《かつなが》」

離れていく毛利《もうり》勝永《かつなが》隊の背に秀頼《ひでより》は小さくそう呟いた。


勝永《かつなが》の部隊を切り離した秀頼本隊は、瓢箪《ひょうたん》の馬印を掲げながら進んだ。秀頼は馬に跨り部隊の先頭に立っている。総大将自らが姿を晒《さら》し、馬印を掲げている。家康率いる旗本や応援に駆け付けるであろう大名達は当然、秀頼を目標に攻め立ててくるだろう。

(我が首取れば、武功第一は間違いないであろうからな)

だからこそ、囮になりえる。

秀頼達、大坂方の策は大御所・徳川家康《とくがわいえやす》の首を取る事に絞られている。その目的を果たすためだけに、後藤又兵衛《ごとうまたべえ》、真田幸村《さなだゆきむら》、長宗我部盛親《ちょうそかべもりちか》、明石全登《あかしたけのり》は策を練ってきた。

長宗我部盛親《ちょうそかべもりちか》が大坂城の南に展開している敵を抑え、後藤又兵衛《ごとうまたべえ》、明石全登《あかしたけのり》が将軍・徳川秀忠《とくがわひでただ》を急襲する。真田幸村《さなだゆきむら》を先駆けとして、秀頼自らが出馬して茶臼山の家康本陣を急襲する。茶臼山からは逃げられたが、幸村は家康まで後一歩のところまで迫り、先駆けとして秀頼の部隊の露払いはやり遂げた。

後は家康を討ち取るだけである。後藤又兵衛《ごとうまたべえ》が立てた策はまさにここからである。

家康の本隊と会敵する前に、毛利勝永《もうりかつなが》の部隊を秀頼《ひでより》本隊から切り離す。勝永《かつなが》の部隊は少数精鋭である。

明けきらぬ夜の薄闇の中に彼らは消えて行った。

毛利勝永《もうりかつなが》は、又兵衛《またべえ》や幸村《ゆきむら》と並ぶ秀頼から最も信厚き将である。彼はこれまでの篭城戦では武功を立てていない。そもそも、戦闘に参加していない。

勝永《かつなが》は自分の部隊を、研ぎ澄まされた刃の如き精鋭とするべく訓練を重ねてきた。

徳川方は後藤、真田《さなだ》、長宗我部《ちょうそかべ》、明石《あかし》を警戒していた。彼ら四人の将が華々しく活躍している分、毛《も》利勝永《りかつなが》は目立たなかった。

そして今、秀頼本人が家康本陣の眼前に兵を率いて姿を現した。先に突入し散った真田幸村《さなだゆきむら》の後に現れた秀頼の姿は、正に大坂方の最後の攻撃だと映った。後先考えず、大将自らが先陣に立ち敵の大将首を取るために出撃してきたのだと。

幸村《ゆきむら》に散々な目に遭わされた家康の旗本は統率を取り戻すために、将校が奔走している。そして秀頼《ひでより》が家康の本陣に迫ったこの頃、木津村の近くに布陣していた毛利秀就《もうりひでなり》、徳永昌重《とくながまさしげ》、福島正勝《ふくしままさかつ》などが家康本陣を守るために来援していた。さらには山内忠義《やまうちただよし》、蜂須賀至鎮《はちすかよししげ》、池田忠雄《いけだただかつ》などの大坂城西に配置されていた大身の大名達も木津村へと来援しつつあった。

秀頼《ひでより》は率いる兵と共に突撃した。来援した部隊は色めき立って秀頼の部隊に殺到してきた。秀頼が率いている兵は多い。渡辺糺《わたなべただす》や速水守久《はやみもりひさ》といった豊臣家譜代の者が将として指揮を執っている。すぐに乱戦状態となった。

秀頼の首を取れば、間違いなく巨大な功名となる。我先にと殺到してきた。

(引っかかった……)

後藤又兵衛《ごとうまたべえ》が提言した策。それは秀頼本人を囮とする事により、敵を誘引、その隙に毛利勝永《もうりかつなが》率いる精鋭部隊が家康本人を討ち取るというものだった。

今、家康の本陣を守るべく来援した諸将の軍勢は秀頼の首を取らんと殺到してきた。

策は成った。

秀頼《ひでより》も、従う者達も、皆そう思った。

来援した大名達だけではない、家康の旗本も目の前にある功名の為に秀頼に群がってくるだろう。

後は勝永《かつなが》が家康本陣へと躍り込む。家康の首が取れる万が一の可能性に辿り着いた、秀頼もそう思った。

だが、たった一人、この策に乗らなかった男がいた。

徳川家康《とくがわいえやす》である。

（おかしい）

眼前に現れた秀頼の馬印を見た時、家康はそう思った。

つい先ほど真田《さなだ》の苛烈な攻撃をなんとか食い止めたばかりである。未だその混乱から立ち直る途中であった旗本達を各将が纏めている時に現れた豊臣秀頼《とよとみひでより》。

普通に考えれば、乾坤一擲《けんこんいってき》の一撃を加えるための総大将自らの出撃である。戦力に劣る側が戦力に勝る側を破った例は過去に遡ればある。

家康は思い出した。そして理解した。

（桶狭間《おけはざま》……）

かつて家康が松平元康《まつだいらもとやす》と名乗っていた頃。まだ今川家の将として働いていた頃。

今川義元《いまがわよしもと》率いる四万の軍勢が尾張へと進軍し、僅かな手勢しか持たない織田信長《おだのぶなが》に討たれたあの戦いの事を家康は忘れていなかった。

あのときは風雨に紛れて本陣を急襲した信長《のぶなが》が、今川義元《いまがわよしもと》の首を取る事で絶望的な戦いに勝利した。

（なぜ総大将たる秀頼《ひでより》が先頭に立っている？）

織田信長《おだのぶなが》は圧倒的に戦力差があった。あの奇襲が失敗していれば、滅んだのは織田家であったはずだ。

少ない兵での奇襲のため、信長自らが突撃に加わり、指揮を執る必要があった。

今、秀頼《ひでより》が率いる兵の数と家康を守る兵の数にそこまでの差はない。秀頼が姿を見せなければ、小身の徳永や福島は言うに及ばず、蜂須賀《はちすか》や山内といった者達も家康を守るために防御に回ったはずである。

(秀頼が先頭に立って突撃してくる必要がどこにある？ 真田《さなだ》はもういない。それでも秀頼は率いる大軍を突入させ、自身はせめてこの兵の後ろにいるべきだ。この平地では守る方が不利になる。相手に攻勢に出られてはせっかくの有利を手放す事になるではないか)

何かがおかしい。まるでわざと自らへと攻撃を集めるかのようなその行動。家康にはそれが引っかかった。

「上様、今こそ敵総大将の首を取るまたとない機会！ 我らにお下知《げち》を！」

旗本を束ねる立場の一人である男がそう進言してくる。

だが、家康の口から出た命令はその男が期待したものとは真逆であった。

「守りを固めよ。この家康の周囲に旗本とその配下の者を全て集め、守りを固めるのだ」

「は？ いえ、しかし……」

「さっさとしろ」

冷たく言い放つ家康。驚いた男はすぐに家康の側を離れて行った。

(何かある。確かに秀頼《ひでより》は攻めて来ている。だが、他に何かある。そうとしか考えられん)

秀頼の周囲を守る兵は激しくやり合っている。一人が倒れても、すぐに他の者が進み出て秀頼を守らんと槍を振るい血しぶきをあげている。

そんな戦いぶりを見て家康の元に来援した兵は、さらに興奮して突っ込んで行く。まるで秀頼とそこに掲げられる瓢箪《ひょうたん》の馬印に吸い寄せられるように。

（囮か！）

家康は気づいた。秀頼の狙いに。

「守りを固めよ！　急げ！」

家康の周囲に次々と旗本とその配下の兵が集まってくる。家康も刀に手を掛けた。

その時、秀頼が攻めて来ている方角とは別、南から突如として敵が現れた。

毛利《もうり》勝永《かつなが》率いる精鋭部隊である。

「読まれていたか」

勝永《かつなが》の眼前には家康の周囲を固める旗本達の姿があった。それはつまり、総大将を囮とした策が家康に見破られていた事を意味する。

「是非もなし」

たとえ策を読まれていたとしても、既に秀頼《ひでより》本人が出馬した最後の戦いである。突撃以外の選択肢はなかった。

「一番槍は頂きますぞ！」

そう叫んで最初に井上時利《いのうえときとし》が飛び込んだ。さすがに古豪《こごう》の者で、絶妙な呼吸で突撃の先頭に躍り出ると、そのまま打ち掛かった。

続いて大谷吉治《おおたによしはる》、毛利秀秋《もうりひであき》、内藤元盛《ないとうもともり》らが井上時利《いのうえときとし》が空けた穴を抉《えぐ》るように次々と飛び込んで行く。南部信景《なんぶのぶかげ》が自慢の弓で次々と兵を射貫き、彼らの突撃を援護した。

突如として現れた勝永《かつなが》の部隊の突撃に、秀頼《ひでより》の元に殺到していた諸将にも動揺が走った。大御所を守るべきか、このまま秀頼を攻めてその首を狙うべきか、迷いが生じた。

死兵となっている秀頼《ひでより》の兵達は、その動揺を汲み取ったかのように押し返した。一人、また一人と倒れながらも秀頼の部隊は家康の本陣に迫らんとその歩みを止めなかった。

仙石秀範《せんごくひでのり》、福島正守《ふくしままさもり》、福島正鎮《ふくしままさしげ》らも勝永《かつなが》と共に奮戦した。ひたすらに乱戦となった。

家康の周囲を守る旗本の中に鳥居成次《とりいなりつぐ》という男がいる。歴とした大名で、所領は二万石を超える。関ヶ原の戦いの序盤、伏見城を守り討死した徳川家随一の忠臣と言われた鳥居元忠《とりいもとただ》の三男である。

彼自身、関ヶ原の戦いで家康に従って戦い、武功を立てた男である。配下の兵を叱咤し、勝永《かつなが》の部隊の突撃を正面から受け止めた。

配下に大きな被害を出しながら、鳥居成次《とりいなりつぐ》は毛利秀秋《もうりひであき》、内藤元盛《ないとうもともり》らを討ち取ったが、成次《なりつぐ》自身も内藤元盛《ないとうもともり》配下の兵に討ち取られた。

そこかしこで激戦が展開される中、家康は自ら指示を飛ばし、崩れそうな箇所を手当てし、戦力を集中させ、的確に勝永《かつなが》の部隊の突撃を吸収していた。

（相手には後詰めはない）

家康はそう読んでいた。

ここに来襲した兵が大坂方最後のものだと。ここを凌《しの》げば勝てると。

（最悪、私が逃げれば良い）

大坂方はどれだけの兵を討ち取ろうが、家康の首を取らなければ勝利はない。逆に家康は、極論すればどれだけの被害を受けても自分が討ち取られない限り負けない。

戦線を後退させて戦闘を長引かせれば、いずれ家康には援軍が来る。秀頼《ひでより》にそれはない。

この差は決定的だった。

家康はひたすらに防御に徹し、耐えに耐えた。やがて来る大坂方の攻勢限界点を待って耐え続けた。

秀頼《ひでより》の部隊は人数をすり減らしながら、家康の本陣目指して突撃を繰り返す。

瓢箪《ひょうたん》の馬印を高々と掲げながら、彼らは走った。

「幸村《ゆきむら》は逝ったか」

何度目かの突撃の際、秀頼はそう呟いた。まだ幸村が生きているなら、必ずこちらの突撃に呼応して何かを起こすはずだが、秀頼が辿り着いた時には、戦闘の音は収まりかけていた。

（満足して逝けただろうかな、幸村は。幸村だけではない。又兵衛《またべえ》も盛親《もりちか》も全登《たけのり》も皆、満足しただろうか）

思えば、大将の仕事など大した事はない。思うがまま、その武功を誇れる場を用意してやれば良いだけなのだ。そして最後に、良くやったと褒めてやれば良い。責任だけは大将が取る、そうするだけの存在なのだ、と秀頼《ひでより》はそう思いながら、皆と共に混乱が収まりかけた家康の本陣へと迫る。

(家康殿も亡き我が父もそうだったのか、それとも人それぞれの大将のなりがあるのか、さて興味深いがそろそろそれどころではないな)

最後の激戦が始まった。

秀頼はこの最後の策に打って出る前に、手紙を書いている。大御所・徳川家康《とくがわいえやす》宛てではなく、千姫の祖父である家康《いえやす》宛ての手紙を。

その手紙を千姫に持たせておこうかと思ったが、結局は懐に入れて持ってきていた。手紙を預けられれば千姫は秀頼が帰らぬ気であると察して取り乱すやも知れぬ、と思ったためだ。そして信頼のおける木村重成《きむらしげなり》を千姫の側に置いてきた。

(千《せん》を重成《しげなり》に守らせ、この突撃か。矛盾だらけだ)

それでいいのかも知れない。戦国時代など、矛盾だらけだ。秀頼はそう思った。

体面をどう取り繕うと、大義名分を掲げようと、結局は自分のため、自分の家のためだけに働く。

「それが戦国時代。ならばその戦国時代、終わらせよう」

ここに集まったのは、死にたがりばかりだ。そう、たぶん、秀頼も含めて。

「終わりにしようか、家康殿!」

この生に幕を引く。

もう一度幕を引く。

二度と無様な死に様をさらすまいと。


「ああ、そうであったか」

今、わかった。自分が何者なのか。

「俺は……豊臣秀頼《とよとみひでより》だ！　よく聞け、俺は、豊臣秀頼《とよとみひでより》だぁっ！」

馬が走る。まっすぐに敵に向けて。家康に向けて。

そう、自分は豊臣秀頼《とよとみひでより》。

あの日、山里曲輪《やまざとくるわ》で自害させられた、豊臣秀頼《とよとみひでより》だ。

もう二度とあんなみじめな死は御免だ。

だから俺は。だから自分は。

「俺は俺の生き方を選べなかった！　だが俺は俺の死に様を選ぶ！」


激戦の最中、徐々に秀頼《ひでより》の軍勢は追い詰められていく。

既に周囲は敵に囲まれていた。

家康が本陣を移した木津村には、続々と援軍が集まってきている。

元から近くに布陣していた毛利秀就《もうりひでなり》、福島正勝《ふくしままさかつ》、徳永昌重《とくながまさしげ》などは言うに及ばず、大坂城の西に布陣していた山内忠義《やまうちただよし》、蜂須賀至鎮《はちすかよしかげ》などの大名も異変を聞きつけて続々と到着していた。

秀頼《ひでより》と勝永《かつなが》は知る由もないが、ちょうどこの頃、前田勢の援護を受けた後藤又兵衛《ごとうまたべえ》と明石全登《あかしたけのり》が岡山で討死している。

彼らは完全に成功した。幸村《ゆきむら》と秀頼《ひでより》の軍勢を家康《いえやす》の本陣に届かせるという戦術目標を達成したのだ。

そして、秀頼と勝永《かつなが》は。

今まさに、最後の時を迎えようとしていた。

彼らは届いた。家康の本陣に。幾度も激戦を繰り広げ、何人もの朋輩が討ち取られ、脱落していく中、振り返る事無くひたすらに前を向いて家康の本陣に辿り着いたのだ。

その数、三人。

一人は豊臣秀頼《とよとみひでより》。総大将のため側廻りが文字通り盾となって彼を先へと行かせた結果、彼はここに立っていた。

一人は毛利勝永《もうりかつなが》。別働隊として敵に斬り込み、幾度となく敵をなぎ倒し、幾度も手傷を負いながら、ここに辿り着いた。

一人は井上時利《いのうえときとし》。内藤元盛《ないとうもともり》や大谷吉治《おおたによしはる》らが次々と脱落していく中、彼も最後まで辿り着いた。もっとも、満身創痍《まんしんそうい》と言っていい状態であり、いつその意識を手放してもおかしくないほどの疲弊《ひへい》ぶりであった。

目の前に家康の本陣がある。おそらく、すでに鉄砲隊が配置されているだろう。

(ここまで来たが、どうやらこれまでだな)

秀頼《ひでより》がそう覚悟を決めた時、朝日が完全に昇った。

夜が明ける。

大坂と言う大地に陽の光が満ちて行く。

その光景を見た秀頼《ひでより》は思った。

(もう十分だ)

秀頼も疲労の限界である。後は家康の首だけ、という状況だが、その首がどれだけ遠いかは、自分でもよくわかっていた。

(皆、良く戦ってくれた。死にたがりが集まっただけの寄せ集めがこれだけの事を成した。幸村《ゆきむら》、又兵衛《またべえ》、盛親《もりちか》、全登《たけのり》……皆、それぞれの最期を飾ったか。自分には分かる。彼らは最後まで彼らしく戦って逝ったのだろう。

自分は、自分がかつて味わった屈辱を晴らすために、そのためにまた豊臣秀頼《とよとみひでより》として戦うのだと、先ほどまで思っていた。違う、違ったのだ。彼らに最期の働き場所を与える事、それが自分がこの戦に戻って来た意味なのではないか。そうではないか)

秀頼《ひでより》がふらりと馬を進める。勝永《かつなが》も、時利《ときとし》も同じくゆっくりと馬を進めた。

周りが一瞬で殺気立つ。一斉に銃口が彼らに向けられる。その光景すら、秀頼の眼には入っていなかった。

秀頼は懐に手を入れた。

「大御所への手紙でござる」

懐から厳重に封がされた手紙を取り出す。

そのまま、家康本陣の前にいる名も知らぬ兵にそれを渡した。

「大御所に届けてくれ」

そして、彼ら三人は刀を抜いた。

抜き身の刀を首筋にそっと据える。

(……千《せん》、太平の世を生きてくれ。そして伝えて欲しい。誰かの記憶の片隅に残るように。かつて、豊臣秀頼《とよとみひでより》という名の下に集まった男達がいたことを)

三人は同時に刀を引き斬った。


所詮、人生は一場の夢。

舞台も演者も決められたものならば、せめて最期の幕は自分で降ろそう。

(……千、幸せになってくれ)

豊臣秀頼《とよとみひでより》、自刃。享年二十三歳。

・手紙

「我が祖父たる徳川家康《とくがわいえやす》殿へこの手紙を送ります。

此度、我らは不幸にも弓矢を交えることとなり、我が武運の拙さによりこういう次第となりました。

しかし我が妻である千《せん》は、我と運命を共にすることはありません。

此度の戦、この秀頼と徳川殿との事情より発したもの。徳川殿の元に千を送り届けます。

千は城内にて木村重成《きむらしげなり》という我が信頼する重臣に預けてあります。

我ら、武門の端くれとして最期の意地を飾るつもりにあります。

願わくば、我に付き従ってくれた者達の名誉をせめて、斟酌《しんしゃく》くださいますよう。

最後に……千の幸せと、日の本の民の幸せを願っております」


家康は今、開城した大坂城の一間に入って手紙を読み返していた。

先に入城した井伊直孝《いいなおたか》から、城内で千姫が待っている、と連絡があった。手紙にあった通り、千姫《せんひめ》は木村重成《きむらしげなり》という若武者に預けられ、丁寧に保護されていたとの事であり、家康が登城すると確かに千姫は無事であった。


「お爺様……」

「……千、無事であったか。秀頼公よりの手紙には木村重成《きむらしげなり》と申す者がお前を保護しているとあったが……」

「……」

千姫は答えなかった。

それで、家康は察した。

（殉じたか……）

主君が果てた後、主君の奥方を安全に敵に引き渡す役を仰せつかっていた木村重成《きむらしげなり》は、千姫《せんひめ》を井伊直孝《いいなおたか》が見つけると、丁寧に預け、千姫に深く頭を下げると部屋を出て行った。

その後、まだ徳川方が入っていない部屋へと下がると、そこで腹を斬って果てた。

「お役目は果たしましたぞ、上様……」

後藤又兵衛《ごとうまたべえ》に重用され、秀頼《ひでより》の近侍として様々な将との連絡役をしていた彼もまた、秀頼に殉じて黄泉路への供をすることになったのだ。

（なんとも、深き主君の縁というべきか。有象無象の浪人などでは決して無かったな）

家康は千姫を下がらせると、もう一度ゆっくりと手紙を読み始めた。


大坂城落城より十日後、浅野領で一揆を煽動《せんどう》し、浅野長晟《あさのながあきら》を足止めしていた大野治長《おおのはるなが》が自刃している。秀頼《ひでより》の最期を知ったためである。

その後、家康は戦闘の終結を宣言。各諸将に国に戻る事を許した。

この日、豊臣家は根絶した。これにより徳川家の支配が完成する。

名実ともに国の頂点に君臨する征夷大将軍《せいいたいしょうぐん》として、徳川秀忠《とくがわひでただ》が。

先代将軍として大御所と呼ばれながら天下の施策を講じていく徳川家康《とくがわいえやす》が。

両者が国の頂点に立ち、他の武士達はこの「徳川幕府」に付随する存在となった。

この後、家康は誰かと大坂の戦の事を語らう時、必ずこう言ったという。

「後藤又兵衛《ごとうまたべえ》、古今に比類なき名将である」

「明石全登《あかしたけのり》、老練にして見事な進退はまさに大軍を率いるにふさわしき将である」

「長宗我部盛親《ちょうそかべもりちか》、彼の者こそ武門の誉れ」

「真田幸村《さなだゆきむら》、その武勇は日の本一よ」

「毛利勝永《もうりかつなが》、その忠義は他に類を見ない」

「豊臣秀頼《とよとみひでより》、彼のものこそ、まごうこと無く故太閤をも超える逸材であったわ」


千姫は徳川家に戻ったが、彼女はどこにも嫁ぐ事無く、出家した。周囲は止めたが、彼女の意志は固かった。

家康の許可を得て、駿府に女人寺を建立し、その生涯を秀頼の供養に捧げた。

狸と瓢箪　完

あとがき

歴史上、数奇な運命を辿った人間は数多くいますが、自らの行動が日本全国を巻き込んだ人間は、それほど多くありません。

豊臣家の人間は、多かれ少なかれ、奇妙な人生を歩んでいます。

秀吉はそれで良かったのでしょう。彼には能力も、やる気もあったのですから。

では、それ以外の豊臣家の人間はどうだったのか？　彼らは極端に言えば、秀吉と縁続きであったというだけで、歴史の表舞台に登場させられた人々です。私が豊臣家に興味を持ったきっかけがそれでした。

豊臣秀頼もその一人です。彼の場合、秀吉と側室の淀君の間に生まれた豊臣家で唯一人の男子でした。

私が彼の存在に感じたのは、「宿命」とでも言えばいいでしょうか。

戦国時代を終焉に導くための宿命を背負った男。彼の存在そのものが太平の世を迎えるために、たった一人、必要な犠牲であったのかも知れないと思ったのです。

この作品は歴史にもしもあの時……があったならという物語です。

結果として結末は本文にある通りです。

ただ、豊臣秀頼という、数奇な宿命を背負って生まれた男がいた。

この本を手に取って下さった方が、少しでも彼に興味を持ってくだされば幸いです。

吉本　洋城

狸と瓢簞

著者　吉本洋城

イラスト　皇　征介

発　行　2015年3月5日
発行者　川上宏
発行所　株式会社　林檎プロモーション
〒408-0036 山梨県北杜市長坂町中丸4466
電話　0551-32-2663
FAX　0551-32-6808
MAIL　ringo@ringo.ne.jp
製本・印刷　シナノ印刷株式会社

Printed in Japan
ISBN978-4-906878-36-9　C0093
www.ringo.ne.jp/